어쩌다 가방끈이
길어졌습니다만

어쩌다 가방끈이
길어졌습니다만

전선영 지음

꿈의지도

목적지에
닿지 못한 날

내 유학생활은 미국의 유타주에서 시작됐다. 학교는 2002년 동계올림픽이 열렸던 솔트레이크 시티에서 약 한 시간 반 떨어진 로건이라는 자그마한 도시에 있었다. 그곳에서 7년 동안 살면서 석박사 과정을 밟았다. 눈이 많이 오기로 유명한 곳. 겨울이 되면 어찌나 눈이 많이 오는지 평생 볼 눈은 그때 다 봤다 싶다 (한 번은, '화이트 크리스마스였으면 좋겠다'라고 기대했다가 크리스마스 당일 폭설이 내려서 집 대문이 열리지 않는 사태를 경험했다. 그 후 '화이트 크리스마스'라는 말은 나에게 자연재해의 한 종류로 각인되었다). 그렇게 겨우내 내린 눈은 녹는 데에도 긴 시간이 걸렸다. 완연한 봄기운이 느껴지던 5월에도 학교 뒷산에는 여전히 눈이 쌓여 있기 일쑤였다. 등산과 캠핑을 좋아하던 나는, 날이 좀 풀린다 싶으면 안달이 났다. 도대체 언제쯤 눈이 완전히 녹고 땅이 마를까? 신발을 진흙투성이로 만들지 않고도 산에 올라갈 수 있을까? 조바심을 냈다.

　6월 초 어느 날. 산 밑의 날씨는 이미 따뜻하다 못해 더울 지경이었다. 더는 기다릴 수 없어 침낭과 텐트를 배낭에 쑤셔 넣고 친구들과 시즌 첫 백패킹을 떠났다. 우리의 목적지는 '하이 크릭 레이크High Creek Lake'로 해발 2,700미터쯤에 있는 산중 호수였다. 물이 맑아 수영을 할 수도 있을 것이란 기대감에 신나서 수영복도 챙겼다. 가는 길에 만난 계곡마다 눈 녹은 물이 폭발하듯 내려오며 굉음을 냈다. 무거운 배낭을 짊어지고도 힘든 줄 모른 채 오래 걸었다. 계곡을 건너고, 질척한 진흙 구간도 지나 목적지와 가까워지는 듯했다. 그런데 오마이갓! 어느 순간부터 드문드문 눈이 보이기 시작하더니, 이윽고 등산로가 눈에 모두 파묻

혀 더 이상 올라갈 수 없는 지경에 이르렀다. 식량도 넉넉히 가져왔고, 지도와 나침반도 있어 가야 할 방향도 정확히 알고 있었다. 겨우내 학교 체육관에서 러닝머신 위를 달리며 다져온 체력도 이상 무. 그런데도 더 이상 앞으로 나아갈 수 없는 상황이라니.

결국 그날 우리는 목적지였던 호수에 닿지 못했다. 중간에 적당한 터를 잡고 이틀간 캠핑을 하다 그냥 내려왔다. 겨우내 쌓이고 얼었던 눈이 단 이틀 만에 녹아내릴 리는 만무했으므로. 이틀 동안 우리는 우리가 가고자 했던 호수를 먼발치에서 그저 바라보아야 했다.

이십 대 초반 히말라야로 트레킹을 갔을 때, 한 등산가로부터 들었던 말이 떠올랐다.

"아무리 가고 싶다 해도 우린 산이 허락할 때만 올라갈 수 있는 거야."

그래. 내 마음대로 안 될 때도 있는 거지. 그럴 땐 가볍게 툭툭 털고 다음을 기약해야지. 다시 돌아가서 매일 러닝머신 위나 달리며 기다리는 거지. 눈이 녹아 다시 길이 열리기를.

호수에 닿지 못했다고 해서 우리의 여행이 우울하거나 재미없기만 했던 건 아니다. 우리는 함께 매끼 밥도 맛있게 챙겨 먹고, 저녁에는 나뭇가지를 구해다가 불을 지펴 마시멜로를 구워 먹었다. 서로 돌아가면서 자신의 팔과 다리에 난 상처들에 대해 이야기하는 게임을 밤늦게까지 했고, 아침에는 찌뿌둥한 몸을 풀겠다고 평평한 바위 위에서 요가 동작(흉내만 낸 괴이한 자세의 스트레칭)을 하면서 깔깔대고 웃었다.

　　하산하는 날은 마침 내 생일이었다. 산에서 맞은 생일 아침, 텐트 안으로 비치는 햇살은 따뜻했고 친구들은 풀을 꺾어다 작은 꽃다발을 만들어주었다. 경쾌하고 유쾌했던 그날 아침의 공기를 여전히 선명하게 기억하고 있다.

　　원하는 것들이 좀처럼 이뤄지지 않던 이십 대. 매일이 그런 느낌이었다. 목적지를 먼발치에서 바라보며 주변만 맴도는 느낌. 간절히 원하고, 노력할 준비도 되어 있는데 좀처럼 삶이 앞으로 나가지 않는 것만 같았다. 매 순간이 불행했던 것은 아니지만 마음 한구석에는 목적지까지 가야 한다는 숙제가 늘 묵직했다. 크고 막연한 단어들을 쓰면서 견딘 날들. 왜 이렇게밖에 못하냐고 스스로를 다그치기만 했던 날들.

그때는 알지 못했다. 가끔은, 그저 눈이 녹을 때까지 시간이 조금 더 필요할 뿐이라는 걸. 때를 기다리며 길 위에서 행복과 기쁨을 찾는 지혜가 필요하다는 걸.

이 책에 실린 글들은 목적지였던 호수까지 올라가지 못하고 언저리에서 머물러야 했던 시간들에 관한 이야기다. 열심히 준비하고 훈련했지만, 목표를 수정하고 되돌아가서 기다려야 했던 날. 혹시 다시 기회가 오지 않으면 어쩌나 불안해하던 날에 쓴 일기들도 있다. 지금, 아주 흐리거나 비가 오거나 눈이 채 녹질 않아 답답한 나날을 살아가고 있는 누군가가 있다면 이 책이 그 지난한 시간을 함께 견뎌주는 친구가 되면 좋겠다.

우리 모두에게 다시 따뜻한 햇살이 비치는 계절이 돌아오기를. 혹, 우리가 목적지에 닿지 못한다 해도 부단히 애썼던 그 시간들이 보석처럼 남기를.

겨울마저 따뜻한 곳, 캘리포니아에서
전 선영

차 례

chapter 2 **끝났다고 진짜 끝은 아니겠지만**

chapter 4 **꿈이 하나란 법은 없으니까**

chapter 1

죽어라 공부해도

죽지는 않겠지만

뜻밖의
기회

대학 졸업 후 곧장 백수가 되었다. 언론고시에 당당히 합격하여 방송 프로듀서가 되고 싶은 꿈이 있었으나, 그 간절했던 나의 플랜A는 생각만큼 잘 풀리지 않았다. 시켜만 준다면 방송국에서 이 청춘을 제대로 한 번 불살라 보겠다는 마음이 굴뚝이었건만 이 세상에는 나 같은 청춘들이 차고 넘쳤다. 내가 대학 학부를 졸업하던 해, 언론 고시의 경쟁률을 두고 누구는 700 대 1이라 했고 누구는 1000 대 1이라 했다. 아니나 다를까 대학의 마지막 학기에는 여기저기 언론사 시험에서 떨어지기가 너무 바빠서 어떻게 시간이 가는지도 모를 지경이었다. 정신을 차려 보니 대학 졸업장과 함께 남은 거라곤 취준생 딱지뿐이었다. 낮에는 독서실 총무로, 저녁에는 이태리 레스토랑에서 하루 열네 시간 일을 하며 아르바이트의 달인이 되어갔다.

어느 날 저녁, 레스토랑의 식기세척기에서 물컵을 꺼내 정리하고 있는데 앞치마에 넣어둔 휴대폰이 울렸다. 교수님이셨다. 매니저의 눈을 피해 급하게 주방 뒤에 있는 창고로 들어가 전화를 받았다. 교수님은 "졸업하고 어떻게 지내고 있니?"라고 물으셨다. 양파 냄새 진동하는 어두컴컴한 창고에서 나는 교수님을 자랑스럽게 해드릴 만한 어떤 대답도 찾지 못해 허둥댔다. 그런 내게 교수님은 다시 물으셨다.

"미국 유학 한 번 가보지 않을래?"

감사한 제안이었지만 차마 입에서는 "네, 해보겠습니다!"라는 대답이 선뜻 나오지 않았다. 뭐에 단단히 홀리기라도 한 것인지, 방송 프로듀서가 아닌 진로는 그냥 다 별로였다. 내 반짝이는 꿈을 놔두고 미국 유학이라니. 난데없음에도 정도란 게 있지 싶었다. 다만 맘 써주신 교수님께 "싫습니다", "안 하겠습니다"라고 대놓고 말씀드리기가 어려워서 잠시 망설였다. 결국 "생각해보겠(다고 말씀은 드리지만 제가 유학을 갈 확률은 거의 없…)습니다"라는 형식적인 대답으로 전화를 끊었다. 엄마에게 말씀드렸더니 곧바로 "야! 너 로또 맞았다"라고 결론을 내리셨다. "유학 생각은 전혀 없음. 내 목표는 오직 언론고시!"라고 단칼에 자르자, 엄마는 역정을 내셨다. 그리곤 "교수님께 전화하기 전에 꼭 엄마랑 먼저 통화해"라고 매일 아침 문자로 신신당부를 하셨다. 혹시나 엄마랑 상의도 없이 그 로또를 내 발로 차버릴까 봐.

마음은 여전히 갈팡질팡하는 중이었으나 분위기는 내가 유학을 가는 쪽으로 급물살을 탔다. 유학 제안을 주신 교수님이 간단히 점심이나 먹자고 하셔서 나간 자리에는 미국 학교 교수님이 두 분이나 앉아계셨다(그게 나름 면접이었다는 걸 나중에서야 알았다). "에이, 아무리 그래도 설마 내 성적으로 되겠어? 어차피 떨어질 테니까 뭐"라는 반신반의의 생각으로 미국 학교에 서류를 모아서 보냈다. 그리고 몇 달 후, 도통 영문을 알 수 없는(!) 석사 과정 합격통보를 받았다. 미국 학교에서는 학비를 대주고, 생활비의 일부분까지 지원해준다고 했다. "아니, 뭘 믿고 나한테 이렇게까지?"라는 생각에 2박 3일동안 어리둥절했다. 스물넷의 겨울, 독서실 총무 겸 취준생 백수였던 나에게는 그렇게 '플랜B'가 생겼다. 이쯤되자 선택은 상당히 어려워졌다. 하루 열네 시간의 아르바이트를 계속하면서 다시 700 대 1에 도전하느냐, 학비를 지원받으며 미국에서 공부를 하느냐.

언론사 입사는 여전히 가슴 뛰는 플랜A였지만, 도전만 하다가 아무것도 이루지 못한 채 20대를 다 보내버리게 될까 봐 두려웠다. 고민을 하면 할수록 실패에 대한 불안이 꿈에 대한 절실함을 압도하는 듯했다. 결국 함께 언론고시를 준비하던 친구들이 사주는 소주를("왜 도망을 가고 그러냐"는 욕과 함께) 양껏 마시고 작별 인사를 했다. 그렇게 방송 프로듀서가 되겠다는 꿈을 접고, 서울에서 살던 집도 정리했다. 그리고 그해 8월, 플랜B를 위해 나는 단 한 번도 가본 적 없는 미국

솔트레이크 시티로 가는 비행기에 올랐다.

　"해보니까 실은 공부가 제 적성이더라고요. 정말 다행이지 뭐예요?"라며, 꿈에 그리던 유학생활이었다고, 미국 가자마자 일이 술술 풀렸다고 말할 수 있다면 얼마나 좋을까마는. 그렇게 시작된 유학생활이 10년 가까이 이어져 고난과 역경의 대서사시가 될 줄을 그때는 미처 알지 못했다.

첫 수업

유학 와서 처음 들었던 첫 강의. 그날의 충격이 아직도 생생하다. 두 시간 반짜리 사회학이론 수업이었다. 첫 수업 일주일 전, 교수님은 모든 학생에게 이미 강의 계획서를 이메일로 보내주셨다. 첫 수업의 내용은 '인트로덕션'이라고만 되어 있었다. 당연히 나는 출석만 부르고 수업이 끝날 줄 알았다. 그런데 아뿔싸. 교수님은 혼신의 힘을 다해 두 시간 반을 완전히 불태우고 나가셨다. 쏟아지는 영어와 생소한 이론가들의 이름 사이에서 두 시간 반을 공황상태로 보내고 강의실을 나왔다.

문득 울고 싶어졌다. 기숙사 입주를 하면서 스태프가 설명해주는 규칙을 반도 못 알아들었던 게 바로 일주일 전이었다. 자존심이고 뭐고 다 내려놓고 "아직 영어가 서툰데, 종이에 좀 적어주겠니?"라며 급하게 책가방에서 펜과 노트를 꺼내어 내밀었더랬다. 그다음 날은 또 어땠나. 차도 없이 사십 분을 걸어 슈퍼마켓에 가서는 겁도 없이 우유와 생수를 샀다. 집으로 돌아오는 길, 그 무게 때문에 비닐봉지가 다 터지고 말았다. 장 본 것들을 모두 책가방에 쑤셔 넣고 걸어오면서 "오늘 내 어깨가 끊어지든지, 가방끈이 끊어지든지 둘 중 하나다"라며 낑낑댔다. 그래도 이 정도는 괜찮다고 넘길 수 있었다. 이 모든 일은 공부를 하기 위해서 감수하는 거니까. 그런데 첫 강의가 이렇다니. 이 정도로 못 알아들을 수도 있다니. 아아. 낙제는 면할 수 있을까. 고민이 깊어졌다.

　첫 수업이 끝난 후, 도서관에 돌아와서 강의계획표를 다시 한번 찬찬히 살펴보았다. 수업을 이수하기 위해서는 과제와 시험 점수가 중요해 보였다. 첫 시험까지는 한 달 반 정도가 남아 있었지만 과제는 거의 매주 있었다. 첫 주에는 따로 적혀 있는 과제가 없었는데, 문득 한 가지가 마음에 걸렸다. 강의에서 교수님이 "넥스트 윅, 홈워크"라는 단어를 잠깐 언급하셨던 게 생각난 것이다. 앞뒤의 내용을 제대로 알아듣지 못해서 어리둥절해 하는 사이, 교수님은 순식간에 다음 주제로 넘어가셨다. 분명 숙제가 있는 것일 텐데 세부 사항이 전혀 감이 잡히질 않았다. 숙제를 아주 열심히 잘해가고 싶은 의욕은 불타올랐으나, 도무지 숙제가 뭔지를 모르는 어처구니없는 상황이었다. 숙제가 뭔지를 알아내는 게 숙제라니.

　유학 생활에 굳은살이 박인 지금은 "못 알아들었다"고 교수님께 직접 다시 여쭤보는 게 그리 어렵지 않다. 바로 그 자리에서 친구들에게 물어볼 수도 있다. 하지만 그때는 왠지 '못한다', '못 알아들었다'는 사실을 누구에게도 들키면 안 될 것 같았다. 교수님과 다른 학생들에게 똘똘한 학생이라는 첫인상을 남기고 싶었다. 숙제가 뭔지도 모르는 학생이라는 현실을 부정하고 싶었다. 모른다는 걸 인정할 수 없어서 자존심을 세우는 동안 다음 수업은 아주 착실하게도 꼬박꼬박 다가왔다.

이러다 정말 숙제를 못 하겠구나 싶던 날. 마침내 마음을 다잡고 컴퓨터 앞에 앉았다. 아주 성격 좋아 보이던 동기 한 명에게 이메일을 써서 물어보기로 했다. 고민에 고민을 거듭하며 메일을 완성했다.

'너 바쁠 텐데 정말 미안해. 내가 숙제를 못 알아 들었어. 정말 미안한데 숙제가 뭔지 알려줄 수 있을 까?'

절반이 '미안하다'라는 말로 채워진 이메일이었다. 보내자마자 번개같이 답장이 왔다. 그 친구는 '괜찮아. 교과서 어디 어디를 자세히 공부해 와야 해'라고 친절하게 알려주었다. '어쩌면 다음 주에 그 부분에 대한 깜짝 퀴즈가 있을 것 같은 느낌'이라는 꿀 같은 정보도 보내왔다. 분명 같은 강의실에 앉아 있었는데, 나는 그 '느낌'을 전혀 포착하지 못했던 것이다. 일단 자존심이고 뭐고 그 친구에게 진심으로 고마웠다. 너 오늘 사람 하나 살렸다, 친구야.

유학 생활은 그렇게 나의 부족함을 직면하고 자존심을 버리는 것에서부터 시작되었다. 물론 나의 어리숙한 면은 슬그머니 감춘 채 남들 눈에 똑똑해 보이고 싶었던 욕망이 하루아침에 사라진 것은 아니었다. 다만 '똑똑한 척'도 여유와 시간이 있어야 하는 것임을 머지않아 알게 되었다. 쏟아지는 과제를 서툰 영어로 매일 해내야 하는 상황에선 그마저도 사치처럼 느껴졌다.

　내 민낯을 있는 그대로 마주하는 것이 그렇게 두려운 일이라는 걸 그때 처음 알았다. 변화와 개선의 여지를 인정하고 받아들이는 일. 그 순간에 찾아오는 불안함과 두려움. 하지만 포기가 아니라 인정을 하고 나면 그때부터는 마음이 한결 편해진다는 사실도 점차 알게 되었다.

　'척' 하느라 무리하지 않아도 되고, 억지로 괜찮다고 자기 합리화할 필요도 없다. 그저 나아질 거라는 희망만 가지고 간다. 어쩌면 그게 모든 공부와 변화, 성장의 시작점인지도 몰랐다.

불확실한
나날들

어느새 야금야금 시간이 흘러 첫 중간고사 기간
이 다가왔다. 과연 문제나 제대로 이해할 수 있을지,
엉뚱한 말만 잔뜩 쓰고 나오는 것은 아닐지, 시간이
다가올수록 부담은 커졌다. 바짝 긴장해 있는 나와는
달리, 박사 과정 선배들은 "잇 윌 비 오케이It will be okay"
라며 다들 여유가 철철 넘쳐 보였다. 나는 선배들에게
"공부하다 모르는 거 있으면 문자 보내도 되나요?"라
고 물어보고 싶었다. 한국에서라면 "문자 보내도 될까
요?"라고 한마디 툭 던지면 그만일 텐데. 그게 영어로
는 왜 이렇게 어렵게 느껴지는 것인지. "캔 아이 샌드

유 어 메시지Can I send you a message?"라는 문장을 몇 번이나 속으로 중얼거려 보았다. 그런데도 선배들 앞에만 서면 입이 안 떨어졌다. 혹시 '메시지'라고 하면 못 알아듣는 게 아닐까? '휴대폰 문자'가 아닌 다른 의미가 있지는 않을까? 망설이는 사이 선배들은 가방을 챙겨 강의실을 나가버렸다.

중간고사 전 마지막 수업이 끝났을 때였다. 박사 과정 2년 차에 있던 선배 미란다가 수업 후 가방을 챙기고 있었다. 나는 용기를 내어 조심스럽게 다가갔다.

"만약에 공부하다가 모르는 거 있으면If I have a question while studying…"

수줍고 정중하게 운을 뗐다. 그러자 미란다는 아주 쿨하게 "옙, 텍스트 미Yup, text me!"라고 대답했다. '아! 문자를 보낸다는 표현은 텍스트text라는 단어로 한 방에 해결하는 거구나. '샌드 유 어 메시지Send you a message'라고 장황하게 할 필요가 없구나' 영어의 신세계가 열리는 듯했다.

근데 뭐가 좀 이상했다. 분명히 내가 초·중·고 시절 내내 열심히 영어학원을 다니면서 배우고 외운 바에 의하면 텍스트Text는 '글, 문자'을 뜻하는 명사가 아니던가. 근데 그 간단한 단어가 '문자'를 뜻하는 명사와 그 문자를 '보낸다' 라는 동사까지 한 번에 해결을 하다니. 'Send' 같은 동사를 따로 안 써도 된다는 게 신기했다. 'Text'라는 간단한 단어 하나의 의미가 갑자기 쭉 확장을 하는 듯했다.

시간이 지나면서 이런 단어가 영어에서는 굉장히 많다는 걸 점차 알게 됐다. 예를 들면 'Google it(검색하다)'같은 표현은 워낙 자주 쓰인다. 검색 엔진 이름인 '구글'이 '검색하다'라는 동사의 의미까지 내포하도록 확장된 것이다. 친구들이 'FB me'라고 하기에 뭔가 했더니, 이건 'Facebook me'의 줄임말이란다. 페이스북을 통해서 알려달라는 뜻이다. 'FB'의 친척뻘로는 'DM me'가 있다. 'Direct Message me'라는 말을 줄인 것으로, 트위터나 인스타그램의 메시지로 보내란 얘기다. 그리고 그 뒤를 줄줄이 잇는 'I emailed it(이메일로 보냈어)', 'I will calendar that meeting(그 회의 달력에 적어놓을게)' 등등. 명사를 동사로 써서 간단하게 말하는 예는 정말로 많았다.

이렇게 명사를 동사로 써서 간편하게 의도를 전달하는 것을 '버빙Verbing'이라고 한다는 사실도 나중에 알게 되었다. 실제로 영어 동사의 5분의 1 정도는 원래 명사에서 파생된다고 한다. 생각해보면, 말하다Talk, 멈추다Stop, 마시다Drink 같은 기초 동사들도 사실은 대화Talk, 정지Stop, 음료수Drink와 같이 명사로 먼저 쓰였다. 하지만 이제 이런 단어들은 동사로도 너무 자연스레 사용되어서 사전에 찾아보면 동사의 의미가 명사의 의미보다 먼저 나올 정도다. 버빙의 과정이 완료된 사례들이라고 볼 수 있다.

영어 때문에 생고생을 하고 상처를 받는 와중에도, 영어의 매력이(가끔, 아주 가끔) 마음속을 파고 들 때가 있었다. 특히 나를 매료시킨 것 중 하나가 바로 단어들의 이런 탄력성이었다.

처음에는 버빙이 인터넷 용어에만 해당되는 것으로 생각했다. 그러나 나중에 관심을 갖고 찾아보니 버빙의 역사는 생각보다 길었다. 버빙을 사랑했던 대표적인 작가가 셰익스피어다. 예를 들면 셰익스피어는 '챔피언Champion'이라는 단어를 작품에 참 많이 썼다고 한다. 물론 우리가 익히 알고 있는 '투사, 승자'라는 명사로 말이다. 그런데 딱 한 번 셰익스피어가 챔피언이라는 말을 명사가 아닌 동사로 쓴 적이 있었다. 바로 맥베스의 그 유명한 대사, 'Champion me to the utterance'다. 후대의 영문학자들은 이 대사에 대한 연구와 토론을 거듭해왔다. 하지만 '챔피언'이란 단어는 아직도 버빙이 완료되지 않아, 해석에 대한 의견이 여전히 분분하다고 한다.

버빙으로 이미 변형이 완료된 Talk, Stop, Drink 같은 단어는 의미가 아주 명확하지만, 상상력과 해석을 개입시킬 수 있는 여백이 적다. 반면 Champion과 같이 아직 그 변형이 완료되지 않은 단어들은 동사로서의 의미가 불완전하지만, 상상력과 해석의 가능성을 남긴다는 게 재미있다. 마치 단어들도 살아서 움직이는 것 같다. 사람이 살아가는 모습처럼 말이다.

모든 것이 명확한 날, 생은 안정적으로 느껴지지만 상상과 확장의 여지가 적다. 과도기의 날들에는 생이 불안정하게 느껴지지만, 그만큼 성장과 변화의 가능성도 크다.

'텍스트Text'라는 말을 동사로 쓸 줄 몰라 "문자 해도 돼?"라는 말 한마디를 못 하고 쩔쩔맸던 미국에서의 첫 중간고사 기간. 당시에는 그 막막함과 불안함을 어찌할 줄 몰랐다. 하지만 지금 생각해보면 그때만큼 성장과 확장의 가능성이 컸던 시기도 드물었지 싶다. 영어와 공부, 인생 경험을 폭발적으로 늘릴 수 있는 최고의 기회였음에도 불안해하느라 그것들을 미처 다 보지 못했다.

나탈리 크납은 《불확실한 날들의 철학》에서 '불안을 용인하지 않는 가운데서는 창조성을 발휘하는 것이 불가능하다'라고 했다. 만약 유학 초기로 돌아가서 단 한 가지만 바꿀 수 있다면, 그 불안함과 초조함을 조금 내려놓겠다. 그리고 내게 주어진 기회들과 가능성에 집중해서 한번 마음껏 살아보고 싶다. 왜 이런 깨달음은 꼭 시간이 한참 지나서야 찾아오는지 모르겠지만.

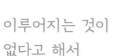

이루어지는 것이
없다고 해서

석사 과정 1학년 1학기 때 들었던 사회학이론 수업은 특히 공부량이 많은 과목이었다. 수업 전에 읽어가야 할 교과서의 양이 어마어마했다. 그나마 미리 교과서라도 열심히 읽어가면 강의가 좀 더 잘 들릴까 싶어 읽고 또 읽었다. 하지만 읽다 읽다 결국 다 못 읽어간 날도 있었다. 주위를 둘러보니 미국 학생들도 쩔쩔매며 힘들어하는 것 같았다. 교수님도 우리가 힘들어한다는 걸 아시고는 '동전 던지기 퀴즈'를 제안하셨다. 수업을 시작하면 학생 가운데 두 명이 나와서 한 명은 동전을 던지고, 다른 한 명은 동전이 앞면인지 뒷면인지를 맞힌다. 만약 맞히면 퀴즈가 없는 것이지만, 틀리면 당일날 수업 범위 안에서 교수님이 준비해오신 퀴즈를 풀어야 했다. 퀴즈 문제들은 대체로 굉장히 짧았다. A4용지 반쪽에 한두 문장씩 적혀 있는 게 다였다. 하지만 원래 간단한 시험 문제일수록 풀기에는 난해한 법. 서툰 언어로 잘 모르는 내용을 잘 아는 것처럼 써내는 초능력이 요구됐다. 정말 죽을 맛이었다.

퀴즈는 각 5점 만점이었다. 학기 말까지 우리가 본 퀴즈 점수의 합이 최종 성적의 20퍼센트를 차지할 예정이었다. 첫 퀴즈에서 나는 4점을 맞았다. '흠…. 이 정도면 나쁘지 않은 시작이야. 다음번에 5점을 맞으려면 좀 더 열심히 해야겠어'라고 긍정적인 마음을 장전했다. 문제는 거기서부터였다. 그 후로 대여섯 번의 퀴즈를 더 보았으나, 나는 도무지 5점 만점을 받을 수가 없었다. 주위를 휘 둘러보니, 대충 슬리퍼를 질질 끌고 수업에 들어오는 샘도 5점을 맞았고, 육아에 지쳐 수업 시작 일 분 전까지 책상에 엎드려 자던 데이브도 5점을 맞았다. 근데 온종일 도서관에 붙박이처럼 앉아 공부하는 나는 여전히 4점이었다. 뭐가 부족한 것일까. 그 후로 정말 필사적으로 리딩을 하고 내용을 정리하고, 모의답안까지 써본 후 수업에 들어갔다. 예상 문제가 나와서 꽤 잘 썼다고 생각한 퀴즈도 점수를 받아보면 어김없이 4점이었다. 왜. 왜. 대체 왜. 뭐가 문제냐.

공부해도 퀴즈 점수가 나아지지 않으니 점점 공부하기가 싫어졌다. 잠은 쏟아지고, 도서관에서 소파 두 개를 붙여놓고 쪽잠을 자고 일어나면 다시 책상으로 돌아가기 싫어서 울고 싶었다. 아아. 그러니까 유학은 애당초 잘못된 생각이었다니까. 나는 공부를 해도 딱 4점 맞는 실력밖에 안 된다고. 샘이나 데이브 같은 애들이 공부해야지, 나는 아닌가 봐. 그렇게 풀이 죽은 날엔 생각이 더 멀리까지 나아갔다. 한국행 비행기 표를 알아봤고, 기숙사의 휑한 내 방을 훑어봤다. '돌아가야 하는 게 아닐까? 이 정도 짐이면 두 시간 만에 다 싸고도 남겠는데?'라는 생각을 하기도 했다.

하지만 어김없이 다음날 아침이면 수업이 있었고, 제출하지 않으면 안 되는 과제가 기다리고 있었다. 포기하려면 당장 깔끔하게 접고 떠나야 했다. 그게 아니라면 일단 내일 제출할 과제부터 해내야 했다. 결국에는 "그만 둘지 말지는 내일 다시 생각하기로 하고 일단 오늘은 과제를 하자"라고 다시 책상 앞에 앉았다. 그런 날들이 몇 번이나 되풀이되었을까. 어느새 나는 석사 과정 수료를 앞두고 있었다.

　수업 자료를 찾아보니, 사회학이론 수업에서 우린 모두 열 번의 퀴즈를 풀었다. 나는 그중에서 단 한 번만 5점을 받고(내가 발제를 담당했던 날이어서 교수님이 보너스 점수를 주신 것 같다), 여덟 번의 4점과 한 번의 3점을 받았다.

　하지만 그로부터 4년 후 박사 과정생이었던 나는 조금 달라져 있었다. 같은 교수님의 고급이론 수업을 들었을 때, 나는 신기하게도 거의 모든 퀴즈에서 만점을 맞았다. 내가 한 발표의 피드백에는 만점이라는 표시와 함께 교수님의 코멘트도 남아 있었다. 교수님은 빨간 볼펜으로 '환상적인 발표와 토론이었다Fantastic presentation and discussion'라고 써주셨다.

　단 한 발자국도 앞으로 나아가지 않는 것 같았는데, 그렇게 혼자 보따리를 쌌다 풀었다 하는 동안 어쩌면 나는 아주 천천히 나아지고 있었던 것일까. 그

속도가 내 기대보다 느려서 미처 눈치채지 못했던 건 아니었을까.

'잘하고 있어. 그러니 힘내'라는 말은 내가 세상에서 가장 좋아하는 말이다. 그러나 우리가 그런 위로를 서로에게 건넬 때, 실은 별로 잘하고 있지 못한 경우도 종종 있다. 불편한 진실. 그렇다고 해서 그 모든 과정과 열심들은 아무 의미도 없었던 것일까. 그렇게 생각하지는 않는다. 절대 5점을 맞을 수 없었던 문제의 퀴즈, 턱걸이만 하다 끝난 듯한 석사 과정. 그 시간들이 내게 가르쳐준 것이 있다. 좀 못해도, 좀 더뎌도, 결국은 이뤄갈 수 있다는 것.

마음만큼 잘 안 되는 것들이 있거나 제자리에 멈춰 있는 것만 같을 때. 박시백 화백님이 《35년》이란 책의 서문에서 쓰신 말을 떠올리곤 한다. '그렇다고 해서 우리가 아무것도 한 일이 없다고 하는 것은 무지이고, 의도적인 왜곡이며, 자학'이라는 말.

지금껏 이루어놓은 게 없고 자랑할 것도 없는 인생이라고 스스로를 너무 때리거나 혼내지는 말자. 노력하고 있다면, 애쓰고 있다면. 제자리를 맴도는 듯 해도 결국 아주 조금씩 앞으로 나아가는 중이라고 믿어보는 것도 괜찮다. 실패로 끝나는 여정이란 없다. 아직 끝이 아닐 뿐. 그럴 땐 그저 계속 가보는 것이다.

타이틀이
뭐길래

미국에서 한 학기를 지낸 후 난생처음으로 자동차를 갖게 되었다. 워낙 허허벌판 시골 동네여서 학교든 슈퍼든 걸어 다니기가 여의치 않았다. 겨울에는 눈도 많이 오고 추워서 밤늦게까지 공부를 하고 집에 올 때에는 차가 꼭 필요했다. 그때 마침 한국으로 귀국을 준비하던 언니가 자신이 타던 차를 처분한다고 했다. 이전에 그 차를 몇 번 얻어탄 적도 있어서 내가 사면 어떻겠냐고 물어보았다.

사실 미국에서 중고차 딜러나 소유주들을 상대하는 건 굉장히 스트레스받는 일이다. 서툰 영어로 가격 흥정을 하는 일이 쉽지도 않고, 학교 공부만으로도 늘 시간이 빠듯한 처지라 아는 언니의 차를 받을 수 있다는 건 행운이었다. 언니도 급히 귀국하는 터라 시세보다 약 500불 정도 싸게 해주겠다고 했다. 나는 고마운 마음으로 차를 받았다.

차가 생긴 이후 나의 미국 생활은 대전환점을 맞았다. 장을 보기도 훨씬 쉬워졌고(물이나 우유처럼 무거운 액체를 마음껏 살 수 있었다!), 가슴이 답답하면 차를 몰고 학교 뒷산에 가서 잠깐 한숨 돌리고 올 수도 있었다. 연구실에서 밤늦게까지 공부하고도 집에 어떻게 갈지 걱정하지 않아도 되었다. 자동차는 내 정신건강에 구세주 같은 존재였다.

그렇게 내 사랑스러운 첫차를 2년 정도 잘 타다가 석사 과정을 마치면서 처분하기로 했다. 깨끗하게 세차를 하고, 예쁘게 사진을 찍어서 여기저기 중고차 사이트에 광고를 올렸다. 엄청나게 많은 사람들이 연락을 해왔다. 차를 시승시켜주고 나름 가격 흥정까지 했다. 그중 우리 학교에 다니는 한 학생과 이리저리 조건이 맞아 거래 날짜를 잡으려던 참이었다. 그런데 그 학생이 갑자기 이상한 말을 했다.

"어제 내가 네 차 카펙스에서 확인했는데, 클린 타이틀이 아니던데?"

미국에는 '카펙스'라는 게 있어서, 차량의 고유번호를 입력하고 돈을 조금 내면 사고 기록이며 수리 기록을 조회할 수 있다. '클린 타이틀'이란, 차가 유통된 이후 큰 사고 이력이 없는 차를 말한다. 대부분의 사람들이 당연히 클린 타이틀을 사길 원한다. 그런데 내 차가 클린 타이틀이 아니라니. 속으로 '아니, 애가 지금 뭐라는 거야?' 싶었다. 그럴 리가 없다고, 기다려보라고 한 후 나는 그 자리에서 직접 카펙스 조회를 했다. 그런데 이런? 내 차가 '셀비지Salvage 타이틀'로 나오는 게 아닌가. 셀비지 타이틀은 사고로 심각하게 부서진 적이 있는 차를 말한다. 당연히 클린 타이틀만큼 제값을 받을 수가 없다.

나는 정말로 미안하다고, 몰랐다고, 사기를 칠 생각은 전혀 없었다고 그 학생에게 해명하고 사과했다. 손을 떨 정도로 당황하는 나를 보고는, 다행히 그 학생이 "너도 몰랐던 거 같으니 괜찮다"라고 이해해주었다. 하지만 당연히 거래는 취소되었다. 그때부터 나는 벙어리 냉가슴 앓듯 혼자 끙끙대며 차를 팔기 위한 전쟁에 돌입했다.

한 일주일은 잠도 제대로 못 잤다. 2년 전, 아무리 미국 생활에 대해 아무것도 몰랐던 때였다고는 해도 기본적인 사항도 확인을 안 해보고 덜컥 차를 산 내 자신에게 화가 났다.

'꽤 친한 사이라고 생각했는데…. 언니는 어떻게 나한테 셀비지 타이틀 차량을 클린 타이틀 차량 가격으로 팔고 갈 수가 있지?'

자괴감과 원망이 밀려왔다. 그때 문득 그 언니도 이 차를 다른 한국분을 통해 샀다고 했던 말이 떠올랐다. 언니도 속았던 걸까? 아니, 그럼 대체 이 사기극(?)은 어디에서 누구로부터 시작된 것이며, 누가 제일 바보인가(당연히 나겠지…). 정말 복장이 터질 것 같았다. 더 똑똑해져 보겠다고 미국까지 공부하러 와서 바보짓은 혼자 다 하고 있구나. 이걸 정말 법적으로 고소를 해야 하나, 신고하려면 어디에다 해야 하나, 오만 가지 생각에 휩싸여 며칠을 끙끙 앓았다.

맘고생과는 별개로 일단 해결해야 하는 현실적 문제도 있었다. 이 셀비지 타이틀의 차를 어떻게든 팔아야 한다는 것. 그때까지 이른바 '명문대학 타이틀', '대기업 타이틀' 같은 것만 들어봤지, 차량도 '타이틀'이 이렇게나 중요하다는 걸 처음 알았다. 중고차 시장 광고에 '셀비지 타이틀'이란 단어를 추가하자마자 사람들의 연락이 뚝 끊겼다. 2주가 지나도록 어디 한 군데에서도 연락오는 곳이 없었다. 가끔 어쩌다 연락이 오더라도, 사람들은 셀비지 타이틀이라고 가격을 있는 대로 깎았다. 어떤 사람은 "그 가격도 감사하게 받을 것이지. 어차피 쓰레기인데"라고 말하기까지 했다.

한 번 사고가 나서 셀비지 타이틀을 받으면 그걸 절대로 바꿀 수가 없다. 아무리 차를 갈고 닦고 수리해도, 차가 한 번 부서진 적이 있다는 사실은 그 차가 폐기될 때까지 따라다닌다. 그 사실이 굉장히 잔인하게 느껴졌다. 살다 보면, 사고도 날 수 있고 한 번쯤은 부서질 수도 있는 것일 텐데, 어떤 노력을 해도 그걸 만회할 수 없다니. 아무리 열심히 살아도, 플랜A를 이루지 못했다는 피해의식에서 벗어나지 못하고 있는 내 모습이 괜히 내 차와 닮아 보였다. 한 분야 공부를 쭉 해온 친구들과는 달리, 전공을 바꾸며 방황했던 내 과거의 시간도 겹쳐졌다. 혹시 나도 셀비지 타이틀을 가진 이 차처럼 평생 천덕꾸러기로 살게 되는 것은 아닐까. 생각이 거기까지 미치자 괜히 오기가 생겼다. 아무리 타이틀이 나쁘더라도 2년 동안 사고 한 번 없이 내겐 믿음직한 친구가 되어준 차가 아닌가. 꼭 필요로 하는 사람이 있을 거라 믿어보기로 했다.

일단 내가 할 수 있는 모든 걸 다 해보기로 했다. 시트 청소도 다시 깨끗하게 하고, 에어컨이 덜 시원하기에 손수 가스를 사다가 충전도 했다. 사고 이력은 있지만, 지난 2년간 말썽 없이 나의 믿음직한 친구가 되어준 내 친구라고, 애정을 담아 소개글도 다시 정성껏 썼다. 차는 안정적으로 잘 나가며, 엔진오일, 타이어도 부지런히 교환해주고 관리도 잘했다는 점을 부각시켰다. 사진도 여러 각도에서 예쁘게 찍었다. 모든 중고차 사이트의 상위에 내 차 광고가 노출되도록 포스팅을 꾸준히 갱신했고, 학교 게시판에도 올렸다. 차를 보러 온 사람이 아무리 차 가격을 터무니없이 내려 불러도 웃으면서 친절하게 대화와 시승을 마쳤다.

그렇게 약 일주일 뒤. 같은 동네에 사는 릭이라는 아저씨가 연락을 해왔다. 통근하는 딸을 위한 차를 찾고 있다며, 시승할 수 있는지 물었다. 사실 시승만 해보고 안 사겠다는 사람들이 많았기에 이번에도 역시 그러려니 큰 기대는 하지 않았다. 편한 마음으로 시승을 시켜드렸다. "셀비지 타이틀이지만 한 번도 속 썩인 적 없다(는 건 사실이니까)"고 했더니, 릭 아저씨가 이렇게 말씀하셨다.

"나는 오히려 셀비지 타이틀을 주목해서 보는 편이야. 내가 점검만 잘하고 사면 셀비지 타이틀이어도 잘 나가는 차를 살 수 있거든."

릭 아저씨는 이리저리 차를 아주 꼼꼼하게 들여다보셨다. 카센터에 가서 전문 정비사와 함께 다시 한번 정밀점검을 했다. 모든 게 괜찮다는 게 증명되자, 아저씨는 드디어 차를 사고 싶다는 의사를 보이셨다. 내가 클린 타이틀이라고 속아서 산 가격보다는 당연히 좀 싸게 팔아야 했지만, 셀비지 타이틀이라는 것을 알고 나서 내가 생각해두었던 것보다는 높은 가격을 제안해주셨다. 덕분에 기분 좋게 거래를 했다. 차 키를 넘기고 집으로 돌아와서 혼자 한국 음식으로 파티를 했다. 약 한 달만에 처음으로 발을 뻗고 편하게 잠들었다.

지금 생각해도 한 번 부서진 적이 있는 차를 쓸모없는 차로 취급하지 않고 꼼꼼히 들여다봐주신 릭 아저씨가 정말 고맙다. 누군가 '쓰레기'라고 했던 내 첫차는 내 품을 떠나 아저씨의 딸에게로 갔다. 나한테 그랬던 것처럼, 한 시간 반 떨어진 곳에서 간호사로 일하고 있다는 아저씨의 딸에게 그 차가 믿음직한 친구가 되어주었기를. 과거가 어찌 됐든 내겐 그저 믿음직하고 예뻤던 내 길동무. 그놈의 '타이틀'에 주눅들지 말고 씩씩하게 이 세상 구석구석을 돌아다니고 있기를.

땡큐 포 더
거절

대학원 과정에서 가장 중요한 것은 바로 '지도 교
수님을 누구로 선정하는가'이다. 대체로 연구 관심사
가 맞는 분으로 선정하는데, 가끔 현실적 문제가 있어
1지망 교수님의 지도 학생으로 들어가지 못하는 경우
도 있다. 예를 들면 교수님이 이미 지도 학생이 너무
많아서 더는 학생을 받지 않으신다거나, 은퇴를 앞두
고 계셔서 대학원 과정 끝까지 함께 해주실 수 없는
경우다. 그럴 때는 눈물을 머금고 다른 교수님과 일하
게 된다.

석사 과정에 입학할 때 나는 우리 과에서 인자하

기로 소문나신 M교수님을 지도 교수님으로 내심 점 찍어(?)두고 있었다. 한국에 방문 교수로 오신 적도 몇 번 있었고 한국 학생이나 한국 교수님과 일한 경험도 많으셨기에 더 좋을 것 같았다. 하지만 '지도 교수님 으로 모시고 싶다'는 의사를 전했을 때 나는 단번에 거절당하고 말았다. M교수님께서는 곧 은퇴하실 계 획이라며, 현재 지도 중인 학생을 졸업시키는 것까지 만 하고 더 이상 학생을 받지 않겠다고 하셨다. 아뿔 싸. 나는 갑자기 낙동강 오리알 신세가 되었다. 하는 수없이 깐깐하기로 소문난 E교수님을 지도 교수님으 로 모시게 되었다.

교수님을 개에 비유하긴 좀 그렇지만(교수님, 제가 뭐 다른 마음이 있어서 이러는 게 절대로 아니에요), 내 지도 교수님은 정말 진돗개 같으셨다. '한 번 문 놈은 놓지 않는다'는 철학이라도 갖고 계신 듯 영어를 못해서 늘 쩔쩔매고 있는 나를 포기하지 않으셨다. 힘겹게 꾸역 꾸역 끌어가고 있던 내 첫 학위 논문도 늘 의욕적으 로 지도해주셨다. 난생처음 써보는 영어 논문이라 유 난히 힘들기도 했거니와, 교수님의 꼼꼼함과 집요함까지 더해져 심사 직전까지 수정을 거듭했다. 겨우겨우 논문이 통과되어 해방의 기분을 만끽하고 있을 즈음. 나는 다시 한 번 청천벽력 같은 소리를 들었다. 지도 교수님께서는 이게 끝이 아니라 그 논문을 학술지에 게재해야 한다고 하셨다.

논문을 학술지에 보내면 '심사'라는 것을 한다. 심사 결과는 크게 세 가지로 나눌 수 있다. 첫 번째, 거절. 세계 최고의 공손한 표현으로 '우리 학술지에 네 논문을 실을 수 없다'는 이야기를 듣게 된다. 두 번째, 수정 후 재심사. '지금 상태로는 못 받아주겠지만, 우리의 의견을 반영해서 수정하면 재심사해주겠다'는 이야기이다. 가끔 논문보다 더 긴 논평을 받기도 한다. 이 경우에는 정해진 기간 동안 수정 작업을 거친 후 다시 학술지에 보내서 재심사를 받는다. 그리고 마지막으로 승인. '우리 학술지에 게재하겠습니다'라는 가장 심플한 통보다. 내 논문이 영원히 머물 제 집을 찾아간다는 뜻이다.

내 석사 학위 논문의 경우 '거절'을 네 번, '수정 후 재심사'를 거쳐 결국 '거절'을 다시 두 번. 그렇게 총

여섯 번의 거절을 당했다. 거절당하는 데만 2년 반 정도의 시간이 걸렸다. 그쯤에서 나는 정말 게재를 포기하고 싶었다. 엎친 데 덮친 격으로 내가 이용한 통계방법론에 대한 논란이 학계에서 있었고, 그때부터 이논문을 학술지에 보내면 심사하시는 분들로부터 엄청난 양의 코멘트를 받았다. 그걸 읽고 있다 보면 '완전 새로 쓰란 얘기를 이렇게 어렵고 정성스레 하셨네'란 생각만 들고, 대체 어디서부터 손을 대야 할지 알수 없었다. 가끔은 '나한테 개인적인 원한이 있나?' 싶을 정도로 직설적이고 매몰찬 논평을 받기도 했다. 그렇게 한 번씩 거절을 당할 때마다 의욕이 한 덩어리씩뚝뚝 떨어져 나갔다.

교수님의 진돗개(교수님 죄송합니다. 진돗개 말고는 더잘 어울리는 비유를 정말 못 찾겠어요) 같은 면모가 가장 빛났던 순간이 이때였다. 논문을 고치는 과정에서 교수님께 정말 많은 것을 배웠다. 학술지에서 그 긴 논평을 받을 때마다 "낭비할 시간이 없다!"고 다그치시며주저앉은 나를 일으켜주셨다. 논평을 한 줄 한 줄 읽어가며 논문을 수정하는 방법도 가르쳐주셨다. 논문의 결론이 안정적인 분석 결과에서 도출된 것임을 입증하기 위해 추가 분석을 하는 방법도 그때 배웠다. 그렇게 고친 논문을 다시 학술지에 보냈다.

무엇보다 인상적이었던 것은 교수님이 거절을 처리하시는 태도였다. 내 논문이 잘못되었다거나 부족하다고 이야기하는 사람들에게 교수님은 늘 '그런 의견을 주셔서 감사합니다'로 답변을 시작해야 한다고 하셨다. 논문 수정 개요를 작성하며 교수님이 말씀하신 대로 '감사합니다'라는 단어를 컴퓨터 자판으로 가장 먼저 입력했다. 모니터에 뜬 그 단어를 보고 있자니 속에서는 천불이 났다. 하나도 안 감사하다고, 세상에 이런 명백한 거짓말이 어디 있냐고 투덜댔다. 특히나 필요 이상의 과격한 언어로 내 논문을 비판한 사람에게는 '감사합니다' 대신 '아니, 오늘 아침에 누구랑 싸우셨어요?'라고 되물어보고 싶은 마음이 굴뚝이었다.

그때 교수님을 보면서 배운 것이 있다. 비판 속에서 침착할 수 없으면, 성장할 수도 없다는 것. 폭발한 화를 가라앉히는 데에도, 자기 연민에 빠졌다가 나오는 데에도 정말 큰 에너지가 필요하다는 사실도. 그 모든 시간과 에너지를 아껴서 논문을 고치고 보완하는 데 사용해야 한다는 사실을, 교수님은 몸소 보여주고 계셨다. 교수님을 보면서 '대체 저 많은 일을 언제 다 하시지?' 늘 신기해했는데, 그 비결 중 하나는 이제 확실히 알 것 같다. 교수님은 거절을 처리하는 데 있어서 정말 도사님이셨다. 취할 충고들은 취하고, 그 후 거절이 주는 상처나 감정적 여파로부터는 신속하고 단호하게 빠져나오셨다.

　　교수님은 얼마나 수많은 거절 끝에 저리 단단해지신 걸까 가만히 생각해보았다. 얼마나 많은 거절을 넘어오셨기에 나와 의견이 다른 사람의 말을 진심으로 귀담아듣고 감사해하고, 내 것으로 만드는 힘과 여유를 갖게 되셨을까. 내가 생각하는 가치가 세상에서 받아들여지지 않을 때도 포기하거나 흔들리지 않고 내 길을 걸어가는 방법. 얼마나 숱한 훈련 끝에 그 방법을 체득하신 걸까. 지도 교수님이 옆에서 그런 모습을 먼저 보여주시지 않았다면, 일찌감치 '이번 논문은 틀렸어'라고 지레 포기했을 것이다. 줄기차게 학술지

편집자에게 거절 메일을 받고, 그 소식을 교수님께 알려드리는 것조차 민망해 죽을 지경일 때에도 교수님은 한결 같이 말씀하셨다.

"좋은 논문이다. 언젠가 제 집을 찾아갈 거야."

3년이 걸린 끝에 한 학술지로부터 최종적으로 게재 확인 메일을 받던 날. 교수님이랑 하이파이브를 했다. "수고하셨어요", "참 잘했다" 서로 마주보며 웃었던 순간. 그때의 보람과 기쁨을 아직도 어제 일처럼 기억하고 있다. 내 논문은 3년 전과 비교했을 때 훨씬 간결하면서도 단단하고 치밀해졌다. 한 번에 손쉽게 얻어낸 승리가 아닌, 길고 지루한 싸움 뒤에 온 성취이기에 더 소중했다.

어쩌면 내 인생에서 '성취'라고 부를 만한 것들은 대부분 이런 모양으로 내게 오는 게 아닐까. 그것이 논문이든 시험이든 사랑이든. 수많은 거절을 넘으면서 아주 조금씩 나아져서 결국 귀한 승리에 도달하는 것일지도 몰랐다.

내 석사 학위 논문이 학술지에 게재된 지도 벌써

3년 반이 지났다. 그 후로도 쉽게 승인이 난 논문은 아직 단 한 편도 없다. 여전히 자주 거절당하고, 논문 쓰기는 변함없이 어렵다. 거절이 유난히 뼈아프게 느껴질 때, 지금도 가끔 교수님의 한 마디를 생각한다.

"답변은 언제나 '감사합니다'로 시작하는 거야."

요즘도 그 첫마디를 꺼내려면 속에서는 천불이 난다. 그러나 일단 그 말을 써두고 나면, 그 거절과 나 사이에 아주 작지만 분명한 공간이 생기는 느낌이 든다. 거기에서부터 다시 시작한다. 마음을 고요히 하고, 생각과 에너지를 모아 부족한 부분들과 개선할 것들을 점검한다. 지치지 않고, 그만두지 않고, 그저 꾸준히 가다 보면 분명 닿는 곳이 있다는 걸 기억하면서.

도넛이
도넛인 이유

유학생으로서 연차가 올라가도 영 쉬워지지 않는 것이 있으니, 바로 짐 싸기다. 미국에서 한국으로 들어갈 때의 짐싸기는 비교적 간단하다. 딱히 가져갈 게 별로 없으므로. 반대로 한국에서 미국으로 돌아올 때의 짐싸기는 정말 고역이다. 집에 가면 엄마표 김치가 있고, 내 체형(팔다리가 짧고 허리가 긴 체형을 가진 나는, 미국에서 옷을 사려다 슬퍼진 적이 한두 번이 아니다)에 꼭맞는 예쁜 옷도 쉽게 구할 수 있다. 급한 것은 인터넷으로 주문하면 하루 만에 무료배송(!)으로 집까지 날아온다. 그걸 모조리 이민가방에 가득 욱여넣어 오고 싶은 것이다.

　이런 나의 욕망에 비해 항공사의 수화물 규정은 아무래도 너무 야박하다. 20킬로그램이 넘어가면 가차 없이 추가 비용을 내야 한다. 유학 초기에 한번은 가지고 가고 싶은 짐들을 모두 챙겼다가 항공사 직원으로부터 "추가 비용은 십삼만 팔천 원입니다"라는 상냥한 가르침을 받아야 했다. 덕분에 인천공항 바닥에서 짐을 풀어 해체 작업을 했다. 그 후엔 옷도 꼭 필요한 것만 챙기고, 마른반찬은 눈물을 머금고 마다하는데도 좀처럼 짐이 가벼워지질 않는다.

　무엇을 가져가고 무엇을 놓고 갈 것인가. 유학 생활이 길어지면서 나름 터득한 것들도 있다. 이젠 라면, 김, 김치 같은 건 과감히 뺀다. 한국에서보다야 조금 비싸도 미국 어디서든 쉽게 구할 수 있는 품목이다. 한국 샴푸도 욕심내지 않는다. 써보니 미국 제품도 쓸만했다. 반면 학회나 발표할 때 입을 정장은 내 체형에 맞는 것을 미국에서 구하기 어렵다는 걸 알았다. 그래서 정장만큼은 한국에서 꼭 한 벌씩 마련해서 챙겨간다.

　짐을 쌀 때 여전히 넣다 뺐다 고민하게 되는 품목

이 있는데, 그건 바로 책이다. 남의 나라에서 남의 나라말을 쓰면서 사는 게 문득 외로워질 때가 있다. 향수병을 떨쳐내는 데에는 한국 책을 읽는 것만큼 좋은 게 없다. 가벼운 소설이나 에세이를 읽고 나면 친구와 수다를 떨고 난 것 같이 후련하고 유쾌해진다. 내가 유학을 시작했던 때만 해도 지금만큼 전자책이 보편화되지 않았다. 더구나 한국의 종이책을 미국에서 구하려면 아주 비쌌다. 책값도, 배송료도, 한국에서 사는 것보다 몇 배는 더 비싸니까 한국에서 챙겨가는 편이 훨씬 이득이었다.

문제는 책이 무게가 많이 나간다는 사실이다. 무턱대고 가방을 책으로 채웠다간 20킬로그램을 우습게 초과하고 또 십삼만 팔천 원의 악몽을 재현하게 될 것이다. 그러니 결국 어떤 책을 가져갈 것인가 선택의 문제가 된다. 생필품들을 일단 가방에 챙겨 넣고 책장 앞에 선다. 난감하다. 책장을 통째로 옮겨가도 부족할 것 같은 느낌이 든다. 결국 고르고 고른 서너 권의 책만을 가방에 넣고 미국행 비행기에 오른다. 환승과 대기라는 고갯길을 넘어 장장 서른 시간을 넘게 날아 미국의 내 자취방에 돌아온다. 그때부터 가장 외로운 시간이 시작된다. 몇 시간 전까지만 해도 아빠와 텔레비전을 보면서 단란하게 사과를 깎아 먹었건만, 또 일만 킬로미터 떨어진 공간에서 덩그러니 혼자가 된 거다. 몸과 마음이 그 사실에 적응할 때까지, 낮에는 잠이 쏟아지고 밤에는 잠이 오지 않는 시차 부적응의 날이 이어진다. 오롯이 혼자서 견뎌내야 하는 시간. 바로 그때 한국에서 가져온 책이 위력을 발휘한다. 전공 교과서 읽고 논문 읽을 때는 죽으라고 안 붙던 속도가 쭉쭉 붙는다. 아무리 아껴 읽어도 한국에서 가져온 몇 권의 책은 금세 동이 나버리고 만다.

여전히 밤에 잠은 오질 않고 말똥말똥한 눈으로 새벽에 깨어 있다가 결국 한국의 온라인 서점에 접속하게 된다. 배송료나 환율까지 고려하면 한국에서 사는 것보다는 두 배 정도 비싼 가격이다. 눈 딱 감고 책 두세 권을 주문한다. 지름신이 다녀가신 후에는 필연적으로 반성의 시간이 찾아온다. 대학원생의 월급으로 이런 사치를 누리다니. 내가 한국에 살 때도 이렇게 한국 소설과 에세이들을 좋아했었던가. 오히려 외국 작가들의 책을 읽는 게 멋있다고 생각하면서 더 많이 읽지 않았던가. 그 사람들 책은 지금 당장 십 분만 걸어서 학교 도서관 가면 다 구할 수 있는데. 게다가 공짜로 두 달씩이나 빌려주는데. 꼭 이렇게 촌스럽게 타향살이 생색을 내야만 하나.

한국에서는 김치 없어도 밥만 잘 먹던 애들이 유난히 미국에 오면 김치 찾는다는 소리를 들은 적이 있다. 거참 유난 떠네, 라고 할 수도 있겠다. 하지만 어쩌면 타향살이란 건 유난을 떠는 게 핵심일지도 모른다. 결국 비싼 배송료를 지급하면서까지 한국 소설들을 구매하여 읽는 일. 한국에서 살 때는 정작 자주 보지 못했던 사람들을 새삼스레 그리워하는 일. 가질 수 없는 것들의 빈자리를 확인하고, 그걸 어떻게든 채우려고 이리저리 몸을 뻗게 되는 시간. 그렇게 내 삶에서 중요한 것들, 내가 사랑하는 것들의 소중함을 배우게 된다.

김연수 작가는 《청춘의 문장들》이란 책에서 이런 말을 했다. 도넛을 먹는 건 도넛의 살을 먹는 게 아니라 중간의 동그란 빈 공간을 먹는 것이라고. 빈 공간을 지나다니며 도넛을 맛있게 했을 그 공기를 느끼는 것이라고. 혼자 떨어져 나와 살면서 내가 이곳에서 가질 수 없는 것들의 빈 공간을 느낄 때, 그 어느 때보다 그것들의 소중함을 절실하게 깨닫는다.

그리워할 때만큼 절실히 사랑하는 때가 있을까. 외로워할 때야말로 내가 사랑하는 것들의 테두리가 분명해지는 것은 아닐까. 유학은 한국에는 없고 미국에는 있는 어떤 걸 배우러 가는 것인 줄 알았다. 그런데 막상 와서 보니 오히려 유학 공부의 큰 부분은, 미국에는 없고 한국에는 있는 것들의 소중함을 깨닫는데 있는 것 같다.

아이폰 사다가
통곡할 줄이야

———————

유학 생활을 하는 동안은 늘 주머니 사정이 빠듯했다. 엄마 말씀대로 웬 '로또'가 하늘에서 떨어져 장학금을 받았지만, 그 대부분은 학비로 들어갔다. 생활비는 연구보조와 강의보조를 하며 받은 월급으로 썼다. 대학원생의 월급이란 게 넉넉할 리 없거니와, 그나마 방학이 되면 수업이 없으니 장학금과 생활비가 모두 끊겼다. 미국 학교의 여름방학은 일 년 열두 달 중약 넉 달. 그야말로 길고 긴 보릿고개다. 유학생 신분으론 학교 밖에서 파트타임 일도 할 수 없기 때문에 학기 중 저축해둔 돈으로 방학을 견뎌야 한다. 여름방학이 끝나갈 즈음에는 가장 싼 식자재인 달걀과 감자만 먹으며 방학이 끝나기를 기다리기도 했다. 악착같이 아끼는 습관은 빠르게 몸에 배어갔다.

　미국에서 처음으로 새 휴대폰을 사던 날을 잊을 수가 없다. 얼마나 야단법석을 떨었는지 기억이 생생하다. 유학 생활의 첫 2년 동안은 통신비를 최대한 아끼기 위해 중고 휴대폰 기기에 선불카드를 끼워서 사용했다. 그러면 한 달에 약 20불 내외로 통신비를 해결할 수 있었다. 하지만 일 년 반에서 2년이 지나면서 잔고장이 잦아졌다. 배터리 수명이 짧아졌고, 전화기가 자꾸 꺼지는 상황이 발생했다. 전화 미팅이나 면접 약속을 잡는 등의 중요한 통화에서 문제가 생기기도 했다. 아무래도 이건 아니다 싶어 새 휴대폰을 장만하기로 했다. 문제는 휴대폰이 엄청나게 비싸다는 사실이었다.

　유학생 처지에 큰돈 쓰는 것이 어려워 냉큼 살 엄두가 나지 않았다. 몇 주 동안 사지도 못하는 새 핸드폰을 만지작거리기만 했다. 옆에서 보다 못한 친구가 나서서 상황을 정리했다.

"이번에는 새 기기를 사야겠다고 했었잖아?"

"응."

"그럼 결국은 700~800불은 예상해야 한다는 것도 이미 알고 있지?"

"응."

답은 하나였다.

"그래. 사자!"

나는 은행 계좌를 체크하고(한숨 한 번 쉬고) 시장 조사를 끝냈다. 자, 이제 사기만 하면 된다. 애플 스토어로 향하는 길에는 신이 났다. 색깔은 은색이 좋을지, 금색이 좋을지, 아니면 새로 나왔다는 로즈골드가 좋을지 고민도 하면서. 그런데 애플 스토어 간판을 보자 갑자기 기분이 우울해졌다. 들어가서 휴대폰을 만져보고 사진도 찍어보고 이런저런 기능을 써보았지만 기분은 나아지질 않았다. 너무 예쁘고 선명한 신상 휴대폰의 자태에 자꾸 기가 죽었다. '내가 이런 좋은 휴대폰을 써도 되나'라는 자괴감이 몰려왔다. 끝내 전화기를 못 사고 빈 손으로 털레털레 돌아오고 말았다.

그로부터 다시 몇 주가 흘렀다. 휴대폰은 배터리

가 너무 빨리 닳아 보조 배터리로 항상 전원을 연결해두지 않으면 사용이 힘들 지경이 되었다. 다시 한번 새 휴대폰이 필요하다는 사실을 절감했다. 하는 수 없이 나는 다시 애플 스토어를 찾았다. 그런데도 휴대폰을 만지작거리기만 하고 선뜻 지갑을 꺼내지 못한 채 또 망설였다. 결국 같이 갔던 친구가 잠깐 밖에 나갔다 오자며 나를 불러냈다. 친구는 "이미 결정 내린 거 아니야?"라고 물었다. 맞는 말인데 순간 속에서 무언가 울컥하고 치밀어올라 큰 소리를 내고 말았다. "알아. 안다고. 근데 왜 이렇게 큰돈을 쓰는 게 어려운지 모르겠어."

아마 지나가는 누가 봤다면 집이라도 사는 줄 알았을 것이다.

"알아. 그 마음"

친구가 내 등을 쓸어내려 주었다. 다시 한번 찬찬히 현실을 되짚어보았다. 당장 휴대폰을 사지 않으면 보조 배터리를 두세 개씩 챙기고도 휴대폰이 꺼질까 전전긍긍해야 하는 현실이 떠올랐다. 그 환하고 활기찬 애플 스토어에서 혼자 세상 우울한 표정으로 마침

내 결제를 했다.

과연 새 휴대폰은 자주 꺼지지도 않고 배터리 수명도 길었다. 사진도 선명했고, 내 지문도 인식하고, 자동으로 내가 하루에 얼마나 걷고 뛰는지도 측정해 주었다. 컴퓨터에서 쓰는 문서와 파일들이 자동으로 핸드폰에 동기화되어 언제든 확인할 수 있었다. 전화 미팅이나 인터뷰가 있을 때마다 휴대폰이 꺼질 걱정을 하지 않아도 되는 게 이렇게 큰 행복일 줄이야. 아무리 생각해도 태어나서 가장 잘 쓴 700불이 아니었을까 싶다.

그 무렵엔 돈뿐만 아니라 시간을 쓰는 것에서도 여유가 없었다. 노는 것에 대한 죄책감, 시간을 낭비하면 안 된다는 강박에 사로잡혀 있었다. 성격도 점점 날카로워졌다. 남을 도와주는 데 인색해졌고, 사정이 있어 약속을 늦추거나 취소하는 사람들에게는 필요 이상으로 모질게 굴었다. 그렇게 유난을 떨며 아낀 시간에 각잡고 앉아 논문을 쓰려 하면, 그게 또 맘대로 되질 않았다. 마음은 바쁜데 책상 앞에 앉으면 딴짓으로 시간을 낭비하는 모순적인 일상이 반복되었다.

바늘 하나 들어갈 여유도 없이 빡빡하게 살았던 시절. 여유가 간절했다. 시간과 돈을 아끼면 여유가 얻어질 것 같았으나 그렇지 않았다. 7년 내내 아득바득 살았지만 타인에게도 나 자신에게도 점점 더 인색해질 뿐이었다. 고민하고 불안해하느라 아무것도 하지 못했던 시간들. 그 시간을 이제 와서 되돌릴 수도 없고, 참.

사전을 찾아보면, 헤프게 쓰는 것도 '낭비'지만, 가진 것을 헛되이 하는 것도 '낭비'라고 한다. 시간이든 돈이든 젊음이든 움켜쥐고 쓰지 않으면 그야말로 '쓸데없어'지는 것이다. 다만, 그 '쓸 데'가 어디인지 결정하는 게 쉬운 일이 아니다. 그 가치를 써서 더 값진 것을 얻을 수 있다면 그것이야 말로 남는 장사이고, 여유의 비결이 아니겠는가. 아직도 값진 것이 무엇인지가 혼란스러워 큰돈을 쓰려면 식은땀부터 흐를 때가 있다. 아마 앞으로도 여유가 생기기까진 식은땀깨나 흘려야 할 듯하다. 아아. 어찌 세상에는 식은땀 없이 배워지는 게 없네.

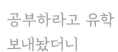

공부하라고 유학
보내놨더니

"공부하라고 유학 보냈더니 연애질이나 하고….
쯧쯧, 잘하는 짓이다."

연애하는 유학생들이 종종 듣는 말이다. 공부라
는 목표를 가지고 먼 곳까지 갔으면(아무래도 유학은 돈
이 대체로 많이 든다는 생각이 있어서인지), 일단 연애나 여
행 등의 재미 요소들은 졸업 후로 미뤄야 한다는 기
대치가 있는 것일까. 나도 그게 꼭 틀린 말은 아니라
고 생각했다. 이왕 유학을 왔으니 공부를 열심히 하는
게 당연히 최우선 순위가 아닌가. 해도 해도 부족한
게 공부인데 다른 걸 할 여유가 어디 있나. 그런 강박

때문이었는지, 공부 아닌 다른 걸 하고 있으면 이상한 죄책감마저 들곤 했다. 연애 감정 같은 게 제멋대로 삶에 들어와 내 중심을 흔들고 공부를 방해하지 않았으면 했다.

그런데 공부가 점점 길어지자 생각이 조금씩 달라졌다. 얼굴은 점점 마른 고추와 비슷해졌고, 6개월이 넘도록 손질받지 못한 머리카락은 옥수수수염 같았다. 이 판국에 누가 내 삶에 들어와서 어떻게 중심을 흔든다고…? 그럴 가능성은 극히 희박해 보였다. 공부는 해도 해도 끝이 보이질 않고 나이도 먹어가는데, 삶의 중심이 흔들릴 정도의 사랑이 시작된다면 오히려 발 벗고 환영할 일 아닐까? 이러다가 마른 고추에 옥수수수염을 덮어둔 형상으로 평생을 외롭게 늙어간다면 그것이야말로 비극이지. 그러게 유학 선배들이 "미국 온다고 알아서 짝이 생기는 거 아니야. 제발 대책 좀 세우고 와"라고 할 때 귀담아들을걸 싶기도 했다.

그때 알았다. 건강관리든 효도든 연애든 '공부가 끝날 때'까지 무턱대고 미뤄둘 수는 없다는걸. 공부는 아마 오랫동안 어쩌면 평생을 해야 할 테니까, 공부를 하면서 삶의 기쁨도 누려야 한다는 걸 깨달았다. 주위를 둘러보니 결혼을 하고 나서 대학원 공부를 시작한 동기들이 많았고 가족계획을 하기 시작한 친구들도 있었다. 교수님들도 대학원 시절의 결혼생활과 육아에 대한 자신의 경험을 스스럼없이 나눠주시기도 했다. 공부는 단기적 목표를 위해 바짝 하는 것이 아닌, 평생 해야 하는 것의 영역에 들어오기 시작했다. 동기들은 바쁜 생활 중에도 짬을 내어 체육관에서 운동도 했고, 전투적인 일과를 보내면서도 배우자와 육아를 분담하는 생활에 적응해갔다. 그제야 나도 현실 파악이 되기 시작했다. 이렇게 마냥 연구실에 온종일 처박혀 있는 게 능사가 아니었던 거다.

'저…. 저기 마른 고추와 데이트 하실 분 없… 없습니까…?'

이토록 땅 넓고 사람 많은 미국에서도 인연 찾기는 보통 어려운 일이 아니다. 한국인 파트너를 고집하게 되면 일은 더욱 힘들어진다. 아무래도 만날 수 있는 한국인의 수가 제한적이기 때문이다. 한국인 상대를 만나기 힘들다면, 미국인을 만나는 건 어떨까. 이것 역시 쉬운 일은 아니다. 사랑에 빠지려면 대화가 가능해야 하는데(물론 대화 없이 첫눈에 반하는 경우도 있기야 하겠지만, 마른 고추에게 그런 기적이 찾아올 리가), 그 사이를 가로막고 있는 언어의 장벽은 만만치 않다. 게다가 미국 문화를 낯설어하시는 부모님의 반대까지. 그리 만만한 옵션은 아닌 듯싶다.

한국인도, 미국인도 안 되면? 제3의 가능성이 있다. 바로 한국인도 아니고 미국인도 아닌 제3의 국적을 가진 사람을 미국에서 만나는 것. 미국인을 만나는 게 어렵다지만 이건 더 어렵다. 둘 다 영어가 모국어가 아닌데 공통 언어인 영어로 지지고 볶아야 하는 상황. 게다가 미국 내에서는 둘 다 외국인이기에 신분 문제를 해결해야 한다는 부담감도 있다. 부모님의 반대도 차원이 다르다. "미국에서 둘 다 신분 문제가 해결 안 되면 어디 가서 살 거니? 헤어질 거니?"라는 물음에 그 어떤 확답도 하기 힘들다.

어린 시절에 엄마는 "널 데려갈 신랑감은 지금 어디서 뭘 하고 있을까" 농담처럼 말씀하시곤 했다. 그

때 엄마가 예상 답안을 오백 개, 천 개 추려보셨다 한들 '도미니카 공화국에서 온 청년'이란 예상 답안은 나오지 않았을 것이다(엄마, 그 어려운 걸 내가 해냅니다).

친하게 지내던 교육학과 박사생 언니가 처음 만두 씨와 나를 연결시켜주던 날. "한국을 좋아하는 친구니까, 말동무해"라며, 도미니카에서 온 컴퓨터학과 박사생을 소개했다. 내 연구실이 있는 건물 4층에 마침 그 사람의 연구실이 있어서 우린 가끔 마주칠 일이 있었다. 졸업 논문 연구계획 심사가 곧 있어서 집에 갈 시간이 없는지, 그는 지하 휴게실 소파에서 더러 잠을 자는 모양이었다. 아침에 머리가 한껏 눌린 모습을 하고도 "괜찮아요"라고 방글방글 웃는 모습이 찐만두를 닮아서, 내가 'Mandu'라는 별명을 붙여주었다(내 머리가 옥수수수염인 상태에서 누굴 놀릴 처지는 아니었을 텐데, 어디서 그런 뻔뻔함이 나왔는지).

만두 씨가 연구계획 심사를 준비하는 동안 나는 박사 과정 종합시험을 준비하는 중이었다. '공부하라고 유학 보내놨더니 연애질이나 하는 것'에 대한 죄책감, '혹시 지구 반대편에서 온 이 남자와 결혼을 하게 되면 어떡하지?' 하는 걱정 때문에(지금 생각해보면 김칫국도 그런 김칫국이 없다만) 우리는 한참 동안 연애를 시작하지 못했다. 특히 이 사실을 공개했을 때 엄마가 받을 충격을 상상하는 것은 종합시험에서 떨어지는 걸 상상하는 것보다 200배는 더 끔찍했다. 그래도 가끔 밥을 같이 먹거나 연구실 건물 앞에서 햇볕을 쏘이며 주거니 받거니 신세 한탄을 하는 사이가 됐다. 나만큼 가슴 답답한 영혼이 같은 건물에서 날마다 열심히 살고 있다는 사실, 주말의 그 휑한 건물에서도 누군가는 공부하고 있다는 사실을 떠올리는 것은 생각보다 큰 위로가 되었다.

그런 시시한 시작이 결국 결혼까지 이어질 줄은 우리도 미처 몰랐다. 눈앞에 닥친 하루하루의 고비를 넘으며 계절이 네 번 바뀌었다. 만두 씨는 논문 심사를 통과하고 졸업했다. 나는 종합시험을 치른 후 통계학 복수 전공을 시작하고 박사 학위 논문계획 심사를 준비했다. 우리가 미국에서 함께 취업할 수 있을지, 비자는 어떻게 해결하게 될 것인지, 미래에 벌어질 그 어떤 일에 대해서도 예측할 수 없었다. 부모님의 격한 반대가 쉽게 해결되지 않을 거란 사실도, 취업으로 인해 2년이 넘는 장거리 연애를 하게 될 거란 사실도 그땐 전혀 알지 못했다. 그런 수많은 변수에도 불구하고 만두 씨와의 관계를 지킬 수 있었다는 것. 서로에게 든든한 파트너로 남을 수 있었다는 것이 가끔은 기적처럼 느껴지기도 한다.

기적, 이라고 쓰고 보니 이승우 작가님의 소설 《사랑의 생애》가 떠오른다. 소설은 '사랑하는 사람은 사랑의 숙주이다'라는 문장으로 시작한다. 사랑은 사랑하는 사람 안에서 다양한 형태로 목숨을 이어간다. 소설에는 '연인들은 사랑이 기적을 행하는 장소이다'라는 말도 나온다. 어색하고 드물어서 때론 마치 기적 같아 보이는 일들이 사랑 때문에 일어나기도 하는 것이다.

세상에 존재하는 모든 사랑이 각기 다른 모양이겠지만, 만두 씨와 내게 온 사랑 역시도 독특한 형태로 시간을 견뎌왔다. 예상치 못한 곳에서 시작되어 느리지만 꾸준하게 자라다가 멈추기도 했다. 우리 둘을 통째로 뒤흔드는 것 같았다가 견뎌내고 나면 다시 또 한 뼘 자라기도 했다. 그 모든 과정은 매 순간 그저 빠듯한 생존인 줄로만 알았는데, 돌아보니 생장이었다. 어떠한 숙주Host는 기식자Parasite와 함께 공진화Coevolution 한다고 했다. 사랑 때문에 쓸리고 힘들다가도 우리는 그렇게 또 한동안은 사랑 덕분에 함께 견디고 자라갈 모양이다.

멀수록
밝게 빛나는

미국에서 개기 일식이 있던 날이었다. 오전 열 시 정도부터 일식을 볼 수 있다고 해서 하던 일을 멈추고 건물 밖으로 나왔다. 셀로판지로 만든 안경을 통해 하늘을 쳐다봤다. 여전히 눈이 부셨다. 달이 태양의 90 퍼센트 이상을 가릴 것이라고 했던 시각이 되었지만 주위는 생각보다 환했다. 동료 중 한 명이었던 두샨이 웃으면서 말했다.

"뭐 헤드램프라도 켜고 다녀야 할 정도로 깜깜할 줄 알았어?"

아무리 그래도 달이 태양의 대부분을 가렸다는

데 이렇게 환하고 따뜻하다니. 게다가 태양은 달보다 지구에서 400배는 멀리 떨어져 있다는데. 가늠할 수 없을 만큼 아득하게 먼 곳에서도 느껴지는 그 밝기와 온기. 이래서 태양은 정말 특별한 별이구나.

'멀다'는 말을 들으면 이젠 본능적으로 한국에 있는 가족을 떠올리게 된다. 개기일식을 보았던 그날로부터 꼭 일주일 전, 언니가 전화를 걸어와서는 다음날 아빠가 파킨슨병 검사를 받으러 가신다고 했다. 아빠가 부쩍 손을 많이 떠시고 반응이 느려지셨다는 이야기를 가족들에게 전해 들어왔지만, 일이 많고 피곤하신 탓이려니 가족 모두가 미뤄왔던 검사였다. 증상이 호전되지 않고 심해져서 도저히 더는 검사를 미룰 수 없었다고 했다. 아빠가 검진을 하러 가시던 날, 나도 미국에서 밤새 뜬눈으로 결과를 기다렸다. 언니는 새벽 네 시에 전화를 걸어왔다.

"맞다고 하네."

그 한마디에 가슴이 철렁 내려앉았다. 가족과 나 사이의 거리 1만 킬로미터. 아무리 세상이 좋아졌다고 해도 비행기로 열 시간이 넘게 걸리는 거리다. 많은 유학생과 이민자들이 그 절대적인 거리를 두려워한다. 고국에 있는 가족들에게 무슨 일이 생겼을 때, 모든 일을 제치고 달려 간다고 해도 열 시간 이상이 걸리니까. 혹여나 중요한 순간을 놓칠까 봐 겁이 나는 것이다. 그동안 말로만 들어왔던 그 공포는 언니의 전화를 받은 그 순간 바로 내 것이 되었다.

같은 과 중국인 선배 언니는 아버님이 갑자기 돌아가셨다는 소식을 듣고 급히 귀국을 결정했는데도 사흘 후에나 고향에 도착할 수 있었다고 했다. 인도인 룸메이트 언니는 아버님이 위독하시다는 연락을 받았는데, 다음날에 마지막 강의가 있어 귀국을 딱 하루 미뤘다가 아버님의 임종을 지키지 못하기도 했다.

언니와 전화를 끊고 인터넷으로 파킨슨병에 대한 검색을 시작했다. 아빠가 앞으로 겪게 될 일들이 자세하게 나왔다. '거동이 점점 더 불편해진다', '세수, 목욕, 식사, 옷 입기 같은 일상생활에 시간이 오래 걸리고 어려움이 발생한다', '병이 진행되면 반사 능력이 떨어져 자꾸 넘어지기도 한다', '우울증이 나타날 수 있으며, 8~10년 경과 후에는 치매도 나타날 수 있다', '서서히 증상이 악화되면서 5년 안에 25퍼센트, 5~9년 안에 67퍼센트, 그리고 10~14년 안에는 80퍼센트가 사망이나 심각한 장애에 이른다'는 통계도 찾았다. 약을 먹고 치료를 받아서 다시 나아질 수 있는 병이 아니라고 했다. 완치가 힘들기 때문에 '진단받는 순간부터 평생을 안고 가야 하는 병'이라고 나와 있었다. 검색을 하다 보니 어느새 동이 터왔다. 출근 시간이 되어 아침식사 준비를 하다가 부엌 바닥에 주저앉아 울기 시작했다.

'몸에서 멀어지면 마음도 멀어진다'라는 옛말은 나와 부모님 사이에서도 예외는 아니었다. 부모님께 무언가를 일부러 숨기려고 했던 건 아니다. 다만 내가 미국에서 맞닥뜨리는 문제들을 일일이 부모님께 털어놓아도 결국 걱정만 하실 거라는 생각이 앞섰다. 그걸 매번 재확인하게 되는 것도 싫어, 시시콜콜한 이야기들은 점점 하지 않게 되었다. 하지만 아빠의 병환 소식을 듣고 나자, 정신이 번쩍 들었다. 멀리 떨어져 산다고 아무것도 하지 않으면 이대로 영영 멀어지겠구나 싶었다.

아빠가 파킨슨병 진단을 받으신 후 벌써 꽤 많은 시간이 흘렀다. 아빠는 약물치료와 운동을 병행하며 굳어가는 근육과 여전히 싸우시는 중이다. 가끔 엄마가 집안일을 부탁하면 "환자한테 이런 거 시켜도 되냐"며 농담을 하시는 여유도 생겼다. 언니와 나 역시 "아빠 아픈 사람 맞아요? 점점 더 젊어지시네"라고 말하며 웃기도 한다. 하지만 가끔 슬픔이 평소보다 크게 찾아올 때도 있다. 출근길에 라디오를 듣다가 문득, 점심으로 참치 샌드위치를 먹다가 문득, 주말 아침에 눈을 뜨다가 문득. 한 번씩 아주 짧은 순간에 몸이 굳고 가슴이 서늘해지며 숨이 가빠진다. 그럴 때마다 일상을 멈추고, 잠시 아빠를 특별하게 사랑하는 방법은 무엇일까 곰곰히 생각해본다. 그 먼 물리적 거리를 넘어 아빠에게 밝고 따뜻한 진심을 온전히 전하려면 어떻게 해야 하는 것일까.

　미국에 온 후로 한국에 있는 친구들과의 관계도 많이 느슨해졌다. 아주 친했던 친구들의 결혼과 출산 같은 기쁜 순간들도 많이 놓치고 살았다. 내가 사랑하는 사람들과 가까이에서 소소한 일생을 함께 나누지 못한다는 것. 아무 노력도 하지 않으니 내가 한국에 두고 온 많은 것들은 자꾸 한 발자국씩 멀어졌다. 아주 자연스럽고도 꾸준하게.

그 먼 거리가 문득 슬프게 느껴질 때, 가끔 그날의 개기일식이 떠오른다. 아주 멀리에 있어도, 조금 가려져 있었는데도 느낄 수 있었던 태양의 온기. 그 밝기와 온기를 지키려면 멀리 있을수록 더 뜨겁고 강해야 하는구나. 그래야 전할 수 있구나. 마음을 전하고 표현하는 것만큼은 좀 유난스러울 필요도 있다는 생각이 들었다. 그 먼 거리를 넘어서 가족과 친구에게 닿았을 때, 내 마음도 여전히 따뜻하게 느껴졌으면. 그렇게 먼 곳에서부터 사랑하는 방법을 조금씩 배워간다.

최선이라는
말

초·중·고등학교 시절, 나는 늘 성적표를 숨기는 아이였다. 어린 나에게 엄마의 기대치는 너무 높아보였고, 나는 대체로 엄마의 기준에 못 미치는 아이 같았다. 그래서 "성적표가 아직 나오지 않았다"는 거짓말을 자주 했다. 결국 엄마는 장을 보러 동네 마트에 갔다가 내 친구 엄마들을 만나서야 성적표가 나왔다는 사실을 알게 되시곤 했다. 집에 돌아오신 엄마는 나를 앉혀두고 물으셨다.

"왜 엄마한테 미리 말하지 않았니? 왜 엄마가 바깥에서 듣게 하니?"

그러면 나는 쭈뼛대면서 대답했다.

"그야, 성적표를 보여주면 엄마가 혼낼 거니까."

그때마다 엄마는 같은 말씀을 하셨다.

"혼날 만 하니까 혼나는 거지. 네가 최선을 다했어 봐. 엄마가 혼내나."

엄마가 말씀하시던 그 '최선'이란 단어가 나에게는 참 아리송하게 느껴졌다.

'나는 최선을 다하는 것 같은데 왜 엄마는 자꾸 아니라고 하지? 최선이란 것은 꼭 좋은 결과로 이어져야 증명되는 걸까?'

한번은 "이번 시험에는 정말 최선을 다했어요"라고 대들어보기도 했다. 엄마의 답변은 여전히 똑같았다.

"아니야. 넌 이번에도 최선을 다하지 않았어."

진심으로 절망스러웠던 순간이었다. 지금와서 돌아보니 꼭 엄마한테 혼이 나서 서러웠다기보다는 어느 정도의 노력이 최선이고 얼마만큼 더 열심히 하는 모습을 보여야 하는지, 감이 잡히지 않아서 막막했던 것도 같다.

엄마는 '1등을 해야 최선을 다한 거'라고 말씀하

신 적은 없다("엄마는 1등을 해야 최선을 다했다고 생각하잖아!"라고 내가 대들었던 기억은 있다). 대신 엄마는 늘 꾸준할 것을 당부하셨다. 초등학교 시절, 방과 후 활동으로 바이올린을 배우고 싶다고 엄마를 조른 적이 있었다. 엄마는 '제대로 연습할 각오가 아니면 시작도 하지 말라'고 엄포를 놓으셨다. 사실 그 전에 피아노 학원에 다니다가 그만 언니가 피아노를 너무 잘 치는 바람에(언니는 결국 전공자가 되었다) 깔끔하게 피아노를 그만둔 이력이 있었기 때문이다. 언니가 피아노 치는 걸 들을 때마다 '아, 이 길은 내 길이 아니구나'라는 사실이 너무 명확해서 연습에 흥미를 잃은 터였다. 그런데 바이올린을 하겠다고 하니 엄마는 영 못 미더우셨을 거다. 이번에는 다를 거라고 밤낮 졸라댔더니, 엄마는 하는 수없이 동네 어디 뢰에서 3/4짜리 바이올린을 구해오셨다. 그 바이올린을 내게 내밀며 엄마는 다시 한 번 강조하셨다.

"피아노처럼 요리 빼고 조리 빼면서 게으름 부리면 안 돼. 매일 삼십 분씩 연습할 거지?"

나는 당당하게 "응!"이라고 대답했다. 그리고 꽤

오랫동안 바이올린을 배웠다. 시노쟈키를 떼고, 스즈키와 호만을 켜고, 학교 오케스트라로 무대에도 한 번 올라 헝가리 행진곡을 켰다(맨 뒷자리에서).

학원을 빠지면 엄마한테 엄청나게 혼나니까 늘 규칙적으로 학원에 갔다(적어도 피아노만큼 땡땡이를 치지는 않았다). 그 덕분에 본의 아니게(그게 본의였다면 참 될성부른 떡잎이었을 텐데…) 무언가를 꾸준히 연습하는 버릇이 생겼다. 뭐 하나에 아주 특출난 재능은 없었어도 빠지지 않고 규칙적으로 연습했다. 그러자 어느 순간 바둑도 5급까지, 수영도 선수반까지, 미술도 사생대회는 나갈 정도가 되었다. 물론 이제는 바둑도 가물가물해지고, 그림도 많이 잊어버렸고, 수영도 접영만 하면 "살려주세요"를 외치는 엉성한 모양새가 나온다. 하지만 뭔가를 꾸준히 반복하면 어느 정도까지는 성취를 이룰 수 있다는 믿음만은 여전히 내 것으로 남아 있다.

유학 초기 시절 나의 생활신조는 '공부를 못하면 최선을 다해보기라도 해야 한다'였다. 매일하는 게 딱히 공부밖에 없는데도 실력은 전혀 나아지지 않는다는 생각에 괴로웠다. 그때마다 '최선'이란 대체 얼마만큼인지 스스로에게 묻곤 했다. 새벽마다 도서관에 1등으로 가는 게 최선일까? 아니면 친구들이랑 술 같은 거 마시지 않고 늘 책상에만 붙어 있는 게 최선일까? 우리 학번에서 1등을 놓치지 않을 만큼의 공부량이 최선일까? 그게 무엇이든 살아 남기 위해 할 수 있는 것은 다 해봐야겠다 싶었다. 누구보다 일찍 출근해서 연구실 불을 켜두고, 누구보다 늦게 퇴근하면서 문을 잠갔다. 술 마시러 오라는 친구의 제안을 난생처음으로 거절해본 것도 그때였다. 그런 매일을 반복하는 것 외에는 다른 방법이 떠오르질 않았다. 어렸을 적에 숙제처럼 매일 바둑을 세 판씩 둔 후, 수영을 1킬로미터씩 했듯. 무슨 일이 있어도 일주일에 한 장의 수채화는 완성시켰듯.

그렇게 매일매일 공부하는 동안 꼬박꼬박 시간이 흘렀다. 생활 패턴은 조금씩 습관으로 굳어졌다. 시험을 본 다음날에도 가장 먼저 출근을 했다. 성적은 그대로였지만, 늦게까지 책상 앞에 붙어 앉아 있는 것은 한결 수월해졌다. 어떤 날은 수업이 조금 쉽게 느껴졌다가, 이내 또다시 제자리로 돌아오기도 했다.

그렇게 대학원 생활이 3년 차가 넘어가자, 그 엉망진창이던 영어 실력에도 불구하고 조금씩 눈에 띄는 성과들이 생겼다. 몇 번은 기적적으로 반에서 1등을 해보기도 했다.

누군가 "최선이란 건 대체 어느 정도일까요?"라고 내게 묻는다면 여전히 단순한 수치로 대답하긴 힘들 것 같다. 하루에 잠을 네 시간만 자거나, 토요일에 1등으로 도서관에 나오는 게 늘 최선의 증거가 되는 것은 아니니까. 다만, 이제는 '최선'이란 말을 들어도 예전처럼 막연하지 않다. 유학 생활 첫 2년, 내가 가진 모든 것을 총동원하여 지리멸렬한 반복의 시간을 버텨냈던 기억이 떠오르기 때문에. 유학 생활에서 얻은 가장 큰 보물은 바로 그 '최선의 기억' 같다. 그 마음가짐이라면 정말 뭐든 다 할 수 있을 것 같은 기분이 들곤 하니까.

chapter 2

끝났다고
진짜 끝은

아니겠지만

박사될 자격을
묻는 시험

전공마다 조금씩은 다르겠으나, 박사 과정은 대
체로 전반전과 후반전으로 나뉜다. 전반전은 수업을
들으면서 성적을 받는 기간으로 2~3년 정도가 걸린
다. 이때의 신분은 '박사 과정생PhD Student'이다. 강의 보
조나 연구 보조를 해서 월급을 받아 생활한다. 후반전
은 본격적으로 자신의 연구를 시작하여 졸업 논문을
쓰는 기간이다. 역시 2~3년 정도가 걸리지만, 논문 주
제와 연구 방법에 따라 이보다 길어지는 경우도 있다.
이때의 신분은 '박사 후보자PhD Candidate'다. 논문 작업
을 하면서 강의 보조나 연구 보조를 계속하거나 학부

강의를 직접 맡기도 한다. 박사 논문을 완성해서 심사를 통과하면 비로소 학위를 받고 '박사PhD'가 된다.

전반전과 후반전 사이에 넘어야 할 큰 산이 있는데, 바로 박사 과정 종합시험이다. 박사 과정에 대한 괴담의 반은 아마 이 종합시험에 대한 것이 아닐까 싶다. '남은 평생 읽을 양보다 더 많은 책과 논문을 읽어야 한다'느니, '읽어야 할 논문과 책 목록만으로 책 한 권 분량'이라느니, '네 인생에서 가장 많은 지식의 양을 뇌에 탑재하는 때'라느니. 이런 말들은 아무래도 좀 과장된 감이 있지만, 시험을 통과하지 못하면 공부를 중단하고 바로 학교를 떠나야 하므로 무척 부담스러운 시험인 것은 사실이다. 어느 날 갑자기 보이지 않는 대학원생들이 몇 있어, "누구누구 어디 갔냐?"라고 물어보면 종합시험의 문턱을 넘지 못했다는 답이 돌아오곤 했다.

박사 과정의 첫 2년이 끝난 여름. 영원히 다가오지 않을 것 같던 내 차례도 드디어 오고야 말았다. 나는 검토할 논문과 책 제목을 모은 '리딩 리스트'를 지도 교수님께 검토받는 것으로 본격적인 시험 준비에 돌입했다. 리스트에 있는 논문들을 하나씩 읽어나가면서 정리했고, 내가 연구한 내용들을 엮어서 글 쓰는 연습을 했다. 분명 전에 읽은 논문인데, 저자 이름이나 세부사항이 기억나지 않으면 그때마다 마음이 불안해졌다. '아, 통과를 못 하면 짐을 싸서 귀국해야 할 텐데, 부모님께는 뭐라고 해야 하나'라는 걱정부터 시작해서 '쥐꼬리만 한 월급이긴 하지만, 시험을 통과하지 못하면 그나마도 없는 생활을 해야 할 텐데'라는 심적 부담감까지. 생전 없던 불면증이 찾아왔다.

지옥 같았던 여름방학이 끝나고, 드디어 결전의 날이 왔다. 9월 첫째 주 화요일. 점심 도시락을 싸서 과 사무실로 갔다. 스태프가 USB 드라이브 하나를 건네주었다. 시험문제가 들어 있는 USB였다. 그걸 받아 책상 한 칸이 겨우 들어가는 화장실 바로 옆의 비좁은 골방에 들어가 앉았다. 강의가 끝나고 학생들이 이동하는 시간인지 바깥이 소란스러웠던 것까지는 기억이 난다. 시험 문제가 든 파일을 연 순간부터는 시험이 끝날 때까지 기억이 거의 없다. 중간에 화장실을 한 번 갔고, 아침에 싸온 도시락은 열어보지도 못한 채 약 8시간 동안 정신없이 시험을 봤다.

그런데 딱 하나 선명하게 기억나는 순간이 있다. 시험 중반쯤, '인구이동'에 관한 문제에 답변을 쓸 때였다. 첫 단추를 잘못 끼웠는지, 문득 글이 자꾸 이상한 방향으로 간다는 생각에 잠시 답안지 쓰던 걸 멈추었다.

'아, 이게 아니야. 이렇게 시작하면 안 돼!'

머리를 가로저으며, A4용지 반 정도에 달하도록 써둔 빽빽한 문단을 통째로 지웠다. 화면이 다시 말간 백지로 돌아온 그 순간, 갑자기 등골이 오싹해졌다. 이 문제를 대체 어디서부터 풀어나가야 하나? 첫 문장을 몇 번이나 썼다 지웠다. 그러는 동안 시간은 계속 째깍째깍 흐르니 미칠 노릇이었다. 책이나 논문을 찾아볼 수도, 지도 교수님께 여쭤볼 수도 없었다. 답변은 철저히 내 머릿속에서 나와야 했다. 뇌 구석구석을 샅샅이 뒤진다는 심정으로 문제의 실마리를 필사적으로 찾아보았다.

그때 문득 깨달았다. 막막한 마음을 끌어안고 책

상 앞에 붙어 앉아 있었던 시간, 그 매일매일의 총합만이 정직하게 쌓여서 내 것이 된다는 사실을. 시험을 잘 보기 위해 급하게 머릿속에 쑤셔 넣었던 얄팍한 지식은 시간이 지나니 하나도 기억나질 않았다. 누군가에게 자랑하고 아는 척하기 위해 억지로 외웠던 책의 몇 구절들도 결국은 모두 희미해지고 없었다. 언젠가 "설마 이런 것도 시험에 나오겠어?"라고 뒤적이며 읽다 치워둔 논문 한 편이 뇌리 어딘가에 용케도 살아남아, 그날 문제해결의 실마리가 되어주었다.

그 후 학회에 갔을 때도 비슷한 경험을 한 적이 있다. 학회에서 처음으로 단독 논문을 발표하던 날이었다. 이 분야에서 한 가닥(?)씩 하는 분들 앞에서 발표를 하고, 질의에 대한 응답을 해야 했다. 이때만큼은 교수님도, 인터넷도 나를 도와줄 수 없다. 오직 도움이 되는 것은 저녁에 연구실에 남아 이것저것 생각하고 다른 방법으로 분석해보면서 혼자 공부했던 시간이다. "이건 안 되네", "근데 저것도 안 되네", "아! 이제 어쩌지?" 머리를 쥐어뜯으며 보냈던 그 시간들. 논문의 최종 원고에는 들어가지 않을지 모르지만, 그 고민과 시도들은 내 안의 어딘가에 차곡차곡 쌓이는 모양이었다. 그러한 축적이 없다면, 질문을 받았을 때 결코 자신 있게 대답할 수 없음을 알았다.

그런 경험을 몇 번 하고 나니, 노력한다는 건 마치 정원에 씨앗을 심는 일 같다는 생각이 들었다. 나는 뭔가를 계속 열심히 하는데, 아무것도 달라지는 게 없어 보일 때. 실망감 때문에 '뭐, 이런 삽질이… 이걸 계속해? 말아?'라고 내 노력에 대해 의심을 하기도 한다. 그런 막연한 날이 계속 되다가, 어느 날 갑자기 온도가 알맞고, 볕이 적당한 하루가 선물처럼 찾아온다. 그러면 그 언젠가 내가 심어 두고도 까맣게 잊고 있던 씨앗들이 여기저기서 움트기 시작한다. 손톱처럼 작디작은 새싹들이 자라서 결국 내 삶의 꽃이 되고 나무가 된다. 어쩌면 박사가 될 자격을 묻는 시험은, 그 갑갑하고 지난한 씨앗 뿌리기의 과정을 정직하게 해냈는지 묻는 시험은 아니었을까.

아참! 그래서 나의 박사 과정 종합시험 결과는?

끝났다고
진짜 끝은 아니겠지만

아슬아슬한 턱걸이 통과였다. 내 손바닥만 한 정원에 심은 모든 씨앗을 총동원하여 쥐어짠 결과, 겨우겨우 간신히. 내 답안지는 황폐한 정원 같았을 텐데, 아마 앞으로 더 부지런히 농사짓고 평생 그 밭을 가꿔 나가라는 교수님들의 격려였을 것이다. 합격 통보를 받던 날. 이제 날씨 탓 그만하고, 왜 싹이 안 올라오냐는 조바심도 좀 내려놓고, 그저 평생 부지런히 씨 뿌리면서 노력하겠노라 다짐했던 게 떠오른다.

아름다운
것들

　　박사 과정 2년 차가 끝나갈 무렵, 난 또 하나의 도전을 시작했다. 사회학 박사 과정을 하면서 통계학과에서 추가로 석사 과정을 병행하기로 한 것이다. 사회학 석사 과정 동안 들었던 필수 통계 과목들에 재미를 느껴, 박사 과정을 시작하면서는 아예 통계학과로 넘어가 수업을 더 듣곤 했다. 그렇게 네 학기를 보내고 나니, 통계학 석사 학위를 딸 요건의 절반 이상이 이미 채워진 상태였다. '이왕 이렇게 된 거 어디 한 번…?'이란 마음으로 공식적 절차를 밟아, 두 학위를 병행하기로 했다.

그런데 예상하지 못했던 복병이 있었으니, 바로 통계학 석사 과정의 졸업 프로젝트였다. 박사 과정 종합시험을 보고 난 후 나는 이 프로젝트에 반 년 정도를 꼬박 매달렸다. 박사 과정 동기들은 벌써 졸업 논문 계획을 심사받고, 일자리에도 지원하고 있었다. 그게 부럽기도 하고, 질투도 났지만 어쩌랴. 내가 자초한 일인 것을. 또 한 번 무릎이 한껏 나온 트레이닝복과 목 늘어난 티셔츠를 걸치고, 프로젝트와의 씨름을 시작했다.

무월경 증세가 시작된 것은 바로 그 무렵이었다. 생리 주기가 불규칙해지더니 곧 무월경으로 접어들었다. 졸업 프로젝트 심사가 끝난 후에도 6개월이 넘도록 생리 소식이 없었다. 그전에는 한 번도 이런 적이 없었기 때문에 덜컥 걱정이 됐다. 여기저기 주변 사람들에게 물어본 결과, 나와 비슷한 증세를 겪는 대학원생들이 적지 않다는 사실을 알게 되었다. 생명공학과 박사 과정에 있던 친구 엘리스는 장기 무월경 때문에 병원에 갔다가 종양으로 판명되어 수술까지 받았다고 했다. 그저 기다리기만 할 일이 아니란 생각에 곧장 병원에 전화를 걸어 예약을 잡았다. 미국 의료비용에 대한 괴담을 너무 많이 들어서 미루고 미뤘던 진료였다.

　　의사 선생님은 프로제스테론을 처방해주셨다. 한 달 동안 그 약을 복용해도 효과가 없자 혈액 검사를 해보자고 하셨다. 검사 결과, 에스트로젠이 분비되지 않는다는 사실을 알아냈다. 그 원인이 뭔지는 규명이 힘들다고 하셨다. '스트레스가 원인일 수 있으니, 마음을 편히 먹으라'는 말씀과 함께 '체중을 약 3킬로그램 정도 늘리면 좋겠다'는 이야기를 들었다. 병원에 다녀온 후부터는 억지로라도 밥을 열심히 잘 챙겨먹었다. 하지만 여전히 깜깜무소식이었다. 결국 하는 수 없이 한국에 잠시 들어가서 종합검진을 받아보기로 했다. 한국의 의사 선생님으로부터도 특별한 해결책은 듣지 못했다. "이렇게 되면 자연 임신은 어렵다고 봐야지요. 길어지면 조기 골다공증이 올 수 있습니다" 등등 엄청난 말들만 듣고 돌아왔다.

　　그렇다고 박사 학위 논문 준비를 마냥 미룰 수도 없었다. 다시 미국으로 돌아온 나는 꾸역꾸역 논문 작업을 시작했다. 논문 쓰기는 왜 해도 해도 쉬워지질 않는지 알 수가 없었다. 그새 계절이 바뀌어 겨울이 되었다. 20퍼센트만 더 쓰면 끝날 것 같던 논문의 마지막 챕터는 며칠째 제자리걸음이었다. 그 20퍼센트를 겨우 채워 초고가 나오고도 보름이 지나도록 붙들고 있느라고 교수님께 보내드리지 못했다. 어제 고친 걸 오늘 다시 고쳤고, 그걸 내일 다시 읽어보면 그저께의 논문과 비슷해져 있었다. 아침에는 분명 말이 된다고 생각하며 썼던 부분인데, 저녁에 읽어보면 엉성하기 짝이 없었다. 그 와중에 밥벌이도 해야 했다. 학부 강의와 교수님 연구 보조 일이었다. 몸은 늘 지쳐 있고, 속은 늘 더부룩했다. 밤이면 잠자리에 누워 내일이 오지 않았으면 좋겠다고 생각하던 날들이 계속됐다.

살을 에이는 유타주의 추위와 텅 빈 캠퍼스, 다섯 시만 되어도 어두컴컴해질 정도로 빨리 지는 해. 우울한 마음은 끝을 모르고 깊어만 갔다. 그러던 11월의 마지막 주, 일 년 3개월 동안 깜깜무소식이었던 생리가 생뚱맞게 제자리로 돌아왔다. 의사 선생님이 두 달 연속으로 규칙적인 주기를 경험하면 몸이 나아가는 신호라고 하셨기에 한 달을 더 기다렸다. 12월에도 주기가 규칙적이었다. 부모님께서는 가슴을 쓸어내리셨다. 남자친구였던 만두 씨도 반가워하며 말했다.

"어쩌면 정말로 많이 힘들었던 시기들은 이제 한 풀 지나간 것이 아닐까?"

나는 실없는 소리 하지 말라며 웃고 말았다. 아직도 논문이 완성되질 않아 여전히 책과 씨름했고, 논문이 어느 정도 마무리된다 해도 끝없는 수정작업이 남아 있을 것이었으므로.

그 길고 길었던 겨울, 가장 힘든 시간은 내가 눈치채지 못하는 새 정말 한 풀 꺾여가고 있었던 것일까. 인생의 아름다운 것들은 늘 그리 쉬이 찾아지지 않는다. 마치 끝없는 우울의 한 중간에 갇혀버린 것 같았던 시간. 그 어둠 속에서 스스로를 내팽개치지 않고, 끝을 향해 매일 한 발자국씩 걸어가는 일. 가야 할 길이 너무나 아득하게 느껴지는 날에도, 아무것도 하고 싶지 않은 날에도, 그저 억지로라도 매일 아침 잠자리에서 몸을 일으켜 나오는 일. 그 짧은 순간들이 모이고 또 모여, 아주 조금씩 어둠에서 빠져나오고 있었던 것은 아닐까?

　　그때를 생각하면 김연수 작가가 《청춘의 문장들》에서 자신의 20대 시절에 관해 했던 이야기가 떠오른다. 난방이 되지 않는 정릉 4동의 산꼭대기 자취방에서 살 때의 이야기였다.

　　그곳에서 벗어나고 싶었다. 겨울은 영원히 계속될 것만 같았다. 그해 겨울, 우리는 겨울이라는 곳에 살고 있다고 생각했다. 그해 겨울, 나는 간절히 봄을 기다렸지만, 자신의 봄이 지나고 있다는 사실은 깨닫지 못했다.

　　그로부터 시간이 많이 흐른 지금. 이 글을 썼던 김연수 작가의 나이가 되어서야 조금은 알 것 같다. 그토록 추웠던 날들, 어두운 땅속에서 바깥으로 나가기 위해 안간힘을 쓰던 날들이야말로 실은 봄이었음을. 내가 눈치채지 못했을 뿐, 그때 바깥에서는 이미 따뜻한 바람이 희미하게 일렁이고 있었다는 사실도.

사랑을 기억하는
특별한 방법

남산 타워 앞에 가면 연인들이 자신들의 이름을 쓴 자물쇠를 매달아두는 철조망이 있다. 대학을 다니던 때 그곳에 갔다가 '사랑을 지켜내길 소망하는 이들이 이렇게도 많구나' 놀랐던 기억이 난다. 철망에 매달린 자물쇠의 개수는 헤아리기 어려울 정도였다. 작가 루이즈 헤이가 했던 말, '사랑은 어디에나 있다Love is everywhere'는 정말 사실이었다.

연애를 많이 해보지는 않았(…못했)지만, 내가 보고 느껴온 사랑이란 건 늘 완벽한 원처럼 나와 상대의 사이를 똑같이 유지하는 건 아니었다. 오히려 타원처럼 멀어졌다가 다시 가까워졌다가 다시 멀어지기를 반복하면서도 어떻게든 서로를 붙들고 있는 것에 가까웠다. 그래서일까. 다들 멀어질 때를 대비해 서로를 끌어당길 수 있는 장치를 곳곳에 마련해두고 싶어 하는지도 몰랐다. 함께 자물쇠를 매달고, 변치 않는 보석을 나눠 가지기도 하면서 말이다. 사람 사이가 한 번 멀어지기 시작하면 정말 인력이 끊어질 것처럼 멀어지기도 하니까 해볼 수 있는 것은 다 해봐야 하지 않겠어?

그랜드 캐년 백패킹은 내 버킷 리스트의 맨 위에서 몇 년째 버티고 있었다. 매년 바쁘다는 핑계로 가지 못하다가, 유타주에서 보내는 마지막 해가 되어서야 일정을 비우고 계획을 짰다. 캐년의 북쪽에서 시작해 2박 3일을 꼬박 걸어 남쪽으로 빠져나오는 일정이었다. 장시간 운전을 해서 애리조나주까지 가야 했고, 사흘 동안 매일 오랜 시간 걸어야 하는 일정이었다. 안전하게 다녀오기 위해선 함께 갈 파트너가 필요할 것 같았다. 남자친구 만두 씨에게 "그랜드 캐년 백패킹에 도전할 마음 있어?"라고 슬쩍 물어보았다. 백패킹 경험이 전무후무했던 사람이라 당연히 거절할 줄 알았건만, 그는 마치 기다리기라도 했던 것처럼 덥석 "예스!!"를 외쳤다.

만두 씨는 난생처음으로 배낭을 사고, 주말엔 산에도 올라다니면서 차근차근 그랜드 캐년에 갈 준비를 해나갔다. 20억 년의 시간이 쌓여 있는 곳. 그 긴 시간 동안 물과 공기가 잠시도 쉬지 않고 만들어낸 변화를 고스란히 간직하고 있는 곳. 우리는 캐년의 북쪽에서 1,800미터를 하강하며 그 20억 년의 시간을 수직으로 질러 내려갈 것이고, 그 아득한 시간 동안 445킬로미터의 협곡을 깎아온 콜로라도강을 건널 것이다. 그리고 계속 걸어 캐년의 남쪽에 닿으면 약 1,300미터를 상승하여 다시 우리가 사는 시간으로 돌아올 것이다. 남자친구인 만두 씨와 그 여정을 함께 한다면 무척 뜻깊은 추억이 될 것 같았다. 그 기억은 남산 타워의 자물쇠처럼, 서로에게서 멀어지려 할 때 우리를 붙들어줄 장치가 될지도 몰랐다.

드디어 백패킹을 떠나는 날이 왔다. 사흘 동안의 잠자리와 먹을거리를 배낭에 차곡차곡 챙겼다. 우리는 우리 몸보다 큰 배낭을 메고 그랜드 캐년 초입에 함께 섰다. 첫째 날엔 구불구불한 트레일을 따라 협곡의 밑바닥 부근까지 내려갔다. 어둠이 깔리면서 비가 내렸지만 이내 그쳤다. 둘째 날엔 해가 뜨자마자 캠프를 정리하고, 종일 콜로라도강을 따라 걸었다. 어둑해져서야 텐트를 치고 앉아 늦은 저녁을 먹었다. 다음날 우리가 올라갈 남쪽 절벽은 가까이에서 보니 더 거대했다. 어두운 밤까지 오르막길을 올라가는 사람들의 헤드램프가 별처럼 깜빡깜빡 빛났다.

트레킹 마지막 날 새벽. 캠프를 정리하고 배낭을 챙겨 우리도 그 절벽 앞에 섰다. 끝이 보이지 않는 오르막은 이번 여정의 마지막 고비가 될 것이었다. 이미 먼 길을 걸어온 터라 몸과 마음이 많이 지쳐 있었다. 걷다가, 얼마 남지 않은 빵을 나눠 먹다가, 또다시 걸었다. 발바닥에 잡힌 물집을 잠시 잊어보려고 실없는 농담을 주고받기도 했다. 번갈아 가며 "더는 한 발자국도 못 걷겠다"는 상대방을 일으켜 세웠다. 드문드문 사람들이 보이기 시작하고 얼마나 더 걸었을까. 최종 목적지인 그랜드 캐넌의 남쪽 끝이 시야에 들어왔다. 우리는 배낭을 내리고 잠시 숨을 고르며 함께 걸어온 길을 뒤돌아보았다. 길의 시작점은 이미 멀어져서 보이지 않았고, 조금 전에 걸어온 길도 실금처럼 아주 가늘게 보였다.

앞으로 또 우리는 얼마나 많은 오르막길을 걷게 될까. 각자 자기 몫의 배낭을 메고 그 길을 걷다가, 더는 계속 갈 수 없을 만큼 스스로를 소진해버렸다는 생각이 들 때. 만두 씨와 함께 걸었던 그랜드 캐년의 그 끝없던 오르막길을 떠올릴 것이다. 농담을 주고받고, 짐을 나눠서 지며, 주저앉았던 자리에서 몇 번이나 다시 일어났던 기억. 결국엔 함께여서 끝까지 걸을 수 있었던 길. 사람들이 사랑을 기억하기 위해 자물쇠를 매달거나 변치 않는 보석을 나눠 가지는 것처럼, 그 긴 오르막을 함께 올랐던 기억이 우리를 붙들어줄 장치가 되어주기를 바랐다.

부디 길고 긴 오르막길을 오르며 우리 안의 에너지를 확인했던 시간을 오래 기억할 수 있기를. 삶이 숨 가쁘게 느껴지는 때에도 그날의 기억을 떠올리며 삶에 대한 긍정을 나눌 수 있기를. 힘을 내어 다시 한번 생소하고 먼 길도 함께 가볼 수 있기를.

과일이 맛있는
계절에

내가 살던 유타주의 초여름은 베리Berry류 과일이 아주 맛있게 익는 계절이다. 단내가 폭발하는 딸기들이 시장에 싸게 나오고, 탱글탱글한 블루베리에서 마치 찰옥수수 같은 식감이 나는 계절. 주말이 되면 나는 가끔 파머스 마켓Farmer's market에 가서 블루베리와 라즈베리를 잔뜩 사 왔다. 아침에 일어나면 신선한 시금치와 케일, 레몬을 갈아 마시고, 블루베리와 라즈베리를 국그릇에 한 움큼 담아서 요거트를 끼얹어 먹는다. 달고 신선한 그 향기는 길고 무더운 여름을 견디게 하는 힘이었다.

스물셋, 방송 프로듀서를 꿈꾸며 정신없이 공부하던 여름. 광화문 프레스센터에 가서 예비 언론인 아카데미 강좌를 들었다. 매일 그곳에 갈 때마다 교보문고 빌딩에 걸려 있던 글이 눈에 들어왔다. 특히 장석주 시인의 〈대추 한 알〉이란 시의 한 구절은 지금도 생각난다. 날씨는 무지막지하게 덥고 미래는 막막하기만 했던 내 스물셋의 여름. 그 시 한 편은 큰 위로를 주었다. 그런데 마침 H피디님이 "너네 지나오다 교보 빌딩에 걸려 있는 글귀 봤어?"라며 그 시를 언급하셨다.

　　대추가 저절로 붉어질 리는 없다.
　　저 안에 태풍 몇 개
　　저 안에 천둥 몇 개
　　저 안에 벼락 몇 개

　　저게 저 혼자 둥글어질 리는 없다.
　　저 안에 무서리 내리는 몇 밤.
　　저 안에 땡볕 두어 달
　　저 안에 초승달 몇 낱

피디님은 좋은 프로그램을 만드는 것도, 좋은 사람이 되는 것도 그런 거라고 하셨다. 저절로 영그는 것은 없다고. 태풍과 천둥과 벼락을 품으며 붉어져 가는 거라고 하셨다.

여름방학 내내 학교는 쥐죽은 듯 조용했다. 4개월이나 되는 긴 여름방학 동안, 대부분 학생들은 집으로 돌아가거나 여행을 떠났다. 여름 해는 밤 아홉 시가 되어도 지지 않아 하루가 무척 길기도 했다. 텅 빈 캠퍼스를 가로질러 적막한 연구실에 들어서면 그때부터 외로움과의 싸움이 시작되었다. 일거리는 쌓여 있는데, 좀처럼 일을 시작하지 못하는 무기력에 휩싸이기도 했다. 도저히 안 되겠다 싶을 때는 도시락통에 싸온 과일을 한 움큼 집어먹은 후, 잠시 밖으로 나갔다.

어느새 그 많던 눈이 다 녹고 더없이 푸르러진 학교 주변의 풍경들을 보면, "그래도 계절은 여전히 흐르고 있구나"라는 사실이 새삼스러웠다. 산책하면서 자주 장석주 시인의 시와 피디님의 말씀을 떠올리곤 했다. 땡볕을 끌어안으며 영글어간다는 말. 벼락을 견디며 붉어져 간다는 말. 내 안의 어딘가에는 이 더위를 견뎌낼 생명력이 아직 남아 있을 거라고, 이렇게 다음 계절을 기다리는 거라고, 스스로를 다독여보았다.

산책을 마치면 연구실로 돌아와 다시 한번 책상 앞에 앉았다. 기지개를 한번 쭉 펴고, 논문과의 후반전을 시작했다. 까다로운 문장을 쓰다 지우기를 반복하고 있으면 마침내 그 긴 여름 해가 뉘엿뉘엿 넘어갔다. 퇴근할 즈음엔 늘 기분 좋은 여름 밤바람이 불었다. 집으로 돌아오면서 혼자 나지막이 노래를 불러보기도 했다. 유타의 밤공기엔 습기가 전혀 없었고, 그건 곧 다음날도 엄청나게 더울 거란 얘기였다. 과일들이 제대로 영글기 딱 좋은 여름이었다.

다람쥐
쳇바퀴

일 년의 반이 겨울인 지역에 살다 보니(겨울에는 눈이 어마어마하게 많이 와서 맨땅 보기가 어려울 정도였다) 봄이 오고 날씨가 풀리면 사람들은 앞다투어 산과 강으로 나갔다. 녹음을 한껏 마시고, 햇볕을 맘껏 쬐면서 겨우내 결핍된 에너지를 충전하는 것이다. 박사 과정 후반부로 접어들면서 일과는 엄청나게 더 바빠졌지만, 그래도 그 활기찬 계절을 놓칠 수는 없었다. 시간이 나면 나는 논문 작업과 강의 준비를 잠시 내려놓고 밖으로 나갔다. 잠깐이라도 햇살을 느끼고 오면 온몸에 활기가 돌았다.

《백 년의 고독》을 쓴 작가 마르케스의 글쓰기 태도는 늘 내게 깊은 감명을 준다. 그는 "글을 쓰는 행위가 희생이며, 경제적 상황이나 감정적 상태가 나쁘면 나쁠수록 좋은 글을 쓸 수 있다는 낭만적인 개념의 글쓰기에 대해 강력하게 반대한다"고 말했다. 그러므로 "작가는 감정적 육체적으로 아주 건강해야 한다"고 강조하기도 했다. 공부하는 사람의 태도도 그래야 한다고 생각한다. 학위를 하는 사람이라면 응당, 찌들어 있고 우울할 거라는 이미지가 떠오를지도 모르겠다. 그러다 결국 우울증과 알코올중독, 신경쇠약을 떠안은 후에야 좋은 논문이 나온다는 편견이 있을 수도 있다. 공부에 대한 그런 고정관념에 지고 싶지 않았다. 이왕 하는 것, 공부하는 매 순간 건강하고 활기찬 심신을 유지해보자고 마음먹었다.

박사 과정의 마지막 일 년 동안 주중 일과는 아주 단순하고 반복적이었다. 새벽 여섯 시에 일어나서 씻고 아침을 먹은 후, 일곱 시 조금 넘어 학교에 간다. 내가 맡아서 했던 강의가 시작되는 열 시 반까지는 교과서 읽기, 강의자료 준비 및 검토를 한다. 열 시 반부터 칠십 분 강의를 하고 나면, 점심을 먹으면서 삼십 분 정도 방탄소년단 음악도 듣고 한국 드라마도 본다. 점심을 먹은 후에는 항상 십 분 정도 산책을 한 후에 연구실로 돌아온다. 다음날 강의자료 읽기, 숙제 채점 등등을 마치고 다섯 시에 퇴근. 집에 와서 간식 먹으며 삼십 분 정도 쉰 후 체육관에 운동을 하러 가거나 뒷산에 등산을 하러 간다. 일곱 시쯤 돌아와 씻고, 열 시 정도까지 논문 작업을 한다. 열 시에 만두 씨와 이십 분 정도 통화하고, 드라마나 책을 보다가 열두 시에 잠이 든다.

이 생활을 일 년 내내 반복하는 거다. 다람쥐 쳇바퀴 같은 일상이지만, 나는 어느 때보다 그런 일상의 힘을 굳게 믿고 있었다. 반복은 습관을 만든다. 습관만큼 장기간의 훈련을 수월하게 하는 것은 없었다.

그해 여름 백패킹을 갔을 때, 그 반복 훈련의 힘을 다시 한번 체감했다. 미국 친구들과 처음 함께 가는 백패킹이었다. 떠나기 전에 나는 적잖이 긴장했다. 그들은 애당초 나와 다른 신체구조와 체력의 소유자들이었으므로. 그 친구들은 겨울에도 반소매를 입고 돌아다닐 정도로 추위를 타지 않았다. 체육관에서는 나보다 10파운드씩 무거운 덤벨도 번쩍번쩍 잘 들어 올렸다. 아마 다들 집채만 한 배낭을 메고 15킬로미터 씩 걸어도 지치지 않을 텐데, 나만 퍼져서 그룹에 피해를 주면 어떡할까 걱정이 구만리였다.

그런데 막상 등산이 시작되자 나는 생각보다 지치지 않고 곧잘 따라갈 수 있었다. 아니 오히려 체력에 여유가 있어서, 힘들어하는 다른 여자 파트너의 짐도 나눠서 졌다. 이 체력이 어디서부터 나오는지 스스로도 좀 의아했다. 아무래도 약 한 달 반 동안 매일 한시간 반씩 배낭에 텐트와 침낭을 넣어서 등에 지고 뒷산을 오른 덕분인 듯 했다. 별 거 아닌 듯 해도 매일 반복한 그 훈련이 내 몸을 잘 준비시켜준 모양이다. 그 체험 후 자신감이 붙었다. 출발선에서는 비록 남들에 비해 조금 뒤진다 해도 매일 조금씩 훈련하면 해낼 수 있구나. 공부도 그렇게 하면 되겠구나, 하고.

아침에 일어나기 힘들어 짜증이 솟구칠 때는 학교에 가면서 무라카미 하루키의 책을 오디오북으로 들었다. 하루키는 매일 새벽에 일어나서 커피를 내려

마신 후, 바로 글쓰기를 시작한다고 했다. 하루에 원고지 20매씩 규칙적으로 쓴단다. 잘 써지는 날에도, 안 써지는 날에도 꼬박꼬박 20매씩을 채운다. 그리고 시간이 되면 밖에 나가서 달리기를 한다. 그 단조로운 일상이 반복되어 하루키의 멋진 작품들이 완성된 것이다. 그 작품들을 듣고 있으면 잠이 깨고 의욕이 생겼다. 오늘 내가 반복적인 일상을 살 수 있다는 사실이 되레 행운처럼 느껴지는 날도 있었다.

내 박사 논문도 그렇게 완성되었다. 논문 작업이 중후반부에 들어갔을 때부터는 도무지 진도가 나가질 않았다. 바위산을 혼자 맨몸으로 밀고 있는 듯한 느낌이 들었다. 지긋지긋했고, 어떻게든 빨리 끝내버리고만 싶었다. '아! 이놈의 논문. 날 잡고 앉아서 한 열흘만 식음 전폐하고 쓰면 끝날 텐데!'라는 마음을 품고 달려들어 보기도 했다. 그렇게 욕심을 낼 때면 여지없이 며칠 못 가 무너졌다.

결국 욕심을 내려놓고, 매일 지킬 수 있도록 목표를 낮게 잡을 수밖에 없었다. '아침에 200자, 저녁에 300자를 쓰되 매일 쓴다.' 이 다짐을 지키면서부터 비로소 마지막 챕터를 조금씩 써나갈 수 있었다. 생각보다 오랜 시간이 걸리긴 했지만, 결국엔 '매일 조금씩'이 모여서 논문의 모든 챕터가 완성됐다. 아주 작은 일을 오랜 시간에 걸쳐 매일 하는 것. 큰 목표를 이루는 방법으로 그보다 좋은 방법을 나는 아직 발견하지 못했다.

박사 학위를
받던 날

나는 책을 좋아하지만 내 독서량이 충분하다고 느낀 적이 없다. 그건 내 지적 갈망이 너무 커서, 혹은 내가 목표하는 독서량이 특출나게 방대했기 때문은 아니다. 세상에는 독서보다 재미있는 게 너무 많았고, 책 읽을 시간은 늘 부족했기 때문이다. 그런데도 왜 좀처럼 독서 욕심을 버릴 수 없었을까. 생각해보면, 나는 늘 '유일하고 특별한 무언가'를 가지고 싶었다. 나만의 시각과 통찰, 독특한 말 한마디, 재미있지만 예리한 날도 살짝 서 있는 농담 같은 것. 그런 것들을 얻는 방법으로 독서만큼 좋은 게 없다고 생각했던 것 같다.

대학원 과정을 마쳐야 하는 때가 다가왔다. 20년의 시간을 학교라는 테두리 안에서 보낸 시점이었다. 대학원을 다니면서는 특히 많은 양의 교과서와 논문을 읽었지만, 그것은 내가 필요로 했던 '독서'와는 조금 다른 일이라는 것이 점점 분명해졌다. 오히려 학교 공부를 끝마치고 돌아와 여가 시간을 보내는 방식이 내 정체성을 정의한다는 생각이 자주 들곤 했다. 누구는 지친 몸으로 돌아와 요리하면서 마음의 평안을 찾을 테고, 누구는 미국 드라마를 보면서 스트레스를 풀 테고, 누구는 정원을 가꾸며 화를 다스릴 테고, 누구는 책을 읽으며 걱정을 잊을 것이다.

　　학교 공부를 하는 기간이 길어질수록 나는 집에 돌아와 책을 읽기보단 딴짓(주로 유튜브나 넷플릭스 시청)을 했다. 밤늦게 학교에서 돌아오면 다음날 학교로 돌아가기 전까지는 그저 텔레비전 화면이나 응시하며 널브러져 있고 싶었다. 그러니 학교를 징글징글하게 오래 다니며 전공공부를 했을지언정 내가 갈망했던 그 '유일하고 특별한' 무언가를 못 찾을 수밖에.

　　은희경 작가는 《태연한 인생》에서 '전문가란 한

분야의 정통함을 통해서 세상 전반에 대한 통찰을 갖춰야 옳았다. 그러나 실제로는 한 분야에만 통하는 전문성을 세상 전반에의 무지에 대한 정통성으로 삼는 게 전문가들이었다'라고 썼다. 늘 전자가 되고 싶었는데, 아무리 생각해봐도 나는 자꾸 후자에 가까워지는 듯했다.

오랫동안 작업해온 박사 논문 심사 전날이었다. 짧지 않은 시간 논문 작업을 해왔던 터라, 심사 전날은 여유 있는 마음으로 준비를 마치고 일찍 잠자리에 들 수 있을 줄 알았다. 그런데 웬걸. 아무리 준비를 해도 충분치 않은 느낌을 지울 수가 없었다. 불안함에 뒤척이다 결국 자정이 다 되어서야 겨우 잠자리에 들었다. 하지만 자는 둥 마는 둥 새벽 두 시 반에 다시 일어났다. 노트북과 책이 든 책가방을 등에 메고, 심사 때 입을 정장을 큰 가방에 챙겨 왼쪽 어깨에 걸었다. 심사에 오신 분들을 위해 마련한 다과까지 챙겨 들고 캄캄한 거리를 걸어 연구실로 갔다. 트레이닝복 차림으로 다시 한번 심사 때 쓸 발표 자료들을 검토했다.

시작 십 분 전. 심사가 열리는 강의실로 가니, 이

미 교수님과 동료 대학원생들이 빼곡히 앉아 있었다. 심호흡을 한 번 하고, 논문에 실린 연구 결과들을 하나씩 발표해나갔다. 총 두 시간 반에 걸쳐 질의응답까지 모두 마쳤다. 다섯 명의 교수님들이 논문을 심사하시는 동안 강의실 밖으로 나와 결과를 기다렸다. 시간이 얼마나 흘렀을까. 지도 교수님이 나오셔서 논문이 통과되었다는 소식을 알려주셨다. 유학을 온 지 7년 만이었다.

수고했다고 축하해주는 친구들과 맥주를 한잔하고 집으로 돌아오는 길. 심사가 끝났다는 사실은 후련했지만, 아무리 생각해도 이 학위가 내게 과분하고 무겁다는 생각을 지울 수가 없었다. 내 독서량이 크게 변하지 않았다는 사실은 누구보다 내가 더 잘 알고 있었으므로. 세상을 해석하는 나만의 시각을 갖는 것도 여전히 먼 이야기 같았으므로. 박사 학위는 내가 그간 해온 노력에 대한 증명 같을 줄 알았는데 그것도 아니었다. 지금부터 게으름을 피웠다간, 학위를 위해 몇 년 바짝 공부를 했다는 사실마저 되레 의미를 잃을 터였다.

박사 학위는 증명서나 자격증이라기보다는 오히려 일종의 알람 장치 같았다. 앞으로의 삶을 어떤 태도로 살아가야 하는지를 끊임없이 상기시키는 알람 장치. 학위를 하는 동안 보고 배웠던 것처럼. 끊임없이 할 수 없는 것과 할 수 있는 것의 경계선에 스스로를 올려놓을 것. 스스로의 테두리를 계속 바깥으로 밀면서 더 많은 이야기와 사람들과 지식을 끌어안을 것. 어쩌다 길어진 가방끈이지만, 그 가방끈에 부끄럽지 않도록 일생 노력할 것.

그로부터 시간이 꽤 지난 지금에도 여전히 '박사'라는 호칭과는 낯을 심하게 가리는 중이다. 박사 학위가 내게 맞지 않는 옷이라고 느껴질 땐《프레즌스》의 저자인 에이미 커디 교수님의 'Fake it until you become it'이라는 강연을 떠올린다.

"내가 여기에 있어도 되나? 이런 걸 할 자격이 있나? 라는 생각이 들 때는 흉내라도 내보는 거예요. 그리고 그걸 계속 하는 거죠. 하고, 또 하고, 또 하고…. 너무 무섭고 힘들고 피하고 싶더라도, 진짜 할 수 있는 그 순간이

올 때까지"

아무래도 시간이 좀 걸릴 것 같지만, 아마 여기서부터가 진짜 시작일 것이다. 늘 내가 갖고 싶었던 '유일하고 특별한' 것을 찾아가는 여정은 말이다.

실패의
나날들

———————

7년 전, 교수님께 처음 유학 제안을 받았을 때 쉽게 거절할 수 없었던 데에는 몇 가지 이유가 있었다. 일단 그때는 공부 자체가 그렇게 싫지 않았다(공부를 심각하게 해본 적이 있어야 싫은지 좋은지를 판단할 수 있었을 텐데). 다른 나라에서 한번 살아보는 것도 멋진 경험이 될 것 같았고, 태어났으니 영어를 한 번은 잘 해보고 싶다는 생각도 들었다. 하지만 가장 결정적이었던 이유는, 하고 싶었던 일에 대해 스스로가 준비되지 않았다는 불안감이었다.

언론고시에 합격하여 프로듀서가 되고 싶었고,

재미있는 프로그램을 만들어내면서 살고 싶었다. 그런데 그 꿈을 이뤄내기에 나는 너무 준비가 덜 된 기분이었다. 조금 더 공부하는 게 나를 더 잘 준비시켜줄 것 같았다. 그렇게 시간을 좀 벌고 싶기도 했다. '대학원을 졸업하면 나는 더 잘 준비된 상태로 내 꿈과 눈을 똑바로 맞출 수 있지 않을까?' 기대하며 내가 가장 되고 싶은 것과의 정면 대결을 2년 후로 미루었다.

그렇게 미국으로 와서 석사 과정을 끝냈는데도 그 '준비가 안 된 것 같은' 찝찝한 기분은 여전했다. 마침 공부하는 재미가 뭔지 조금은 알 듯한 기분이 들었고, 과에서 주겠다는 전액 장학금에 힘입어 박사 과정 진학을 결심했다. 눈앞에 떨어진 공부를 하느라 정신없이 5년이 갔다.

어느새 박사 과정도 끝날 시기가 다가오고 있었다. 이제 이 학위를 수집(나이 서른이 넘도록 세상 물정은 잘 모르고 공부만 하는 친구들끼리 서로를 가리켜 '학위 수집가 Degree Collector'라는 표현을 쓰기도 했다)하고 나면 더는 목표할 학위도 없는데, 그 막막한 느낌은 유학 오기 전에서 전혀 나아지질 않은 채 그대로였다. 박사 과정을 하면서 꿈이 언론인에서 통계분석가로 서서히 바뀌었지만, 그쪽도 만만치는 않아 보였다. 되고 싶은 것이 무엇이었든 갖고 싶은 직업이 무엇이었든 그 '준비되지 않은 느낌'은 학위로 채워지지 않는다는 걸, 대학만 십 년을 다니고 나서야 알게 됐다.

유학을 오기 전 한국에서 언론고시를 준비할 때였다. 뭐라도 해보자는 마음으로 모 프로덕션의 막내 스태프 자리 면접을 본 적이 있었다. 그때 한 피디님이 물으셨다. "아주 바닥부터 해야 하는데 할 수 있겠어? 월급도 아주 적을 거야." 그 말을 듣는 순간 오만 가지 생각이 들었다. 바닥부터 시작하는 것 말고 좀 수월한 길은 없을까. 한 번에 공중파 프로듀서로 폼나게 입사할 수는 없을까. 원하는 건 있는데 실패하는 건 무서워서 '아직 준비가 덜 됐다'는 핑계로 계속 뒷걸음질을 쳤다. 그 길로 방송 세계에 그냥 풍덩 뛰어들었더라면 내 삶은 많이 달라졌을까? 가끔 그때 생각이 난다.

나이 서른둘이 되어 미뤄왔던 싸움을 하게 되었다. 박사 과정 졸업이 일 년 정도 남은 시점부터는 본격적인 구직 활동을 해야 했다. 가고 싶은 연구소에 지원하고, 엄청난 양의 거절을 당하고, 자신감이 바닥으로 곤두박질치는 날들의 연속이었다. 그게 무섭고 싫어서 7년을 더 공부했는데도 이 싸움을 피해갈 수 없다니. 학위를 했다고 해서 예전과 비교해 엄청나게 똑똑해지거나 자신감이 생긴 것 같지도 않았다.

옆 동네 대학교 연구소에 최종 면접을 다녀온 날이었다. 익숙한 동네고, 그곳에서 진행 중인 프로젝트들에도 흥미가 있었다. 면접관이었던 교수님들과도 이야기가 잘 끝났다. 어쩌면 취직이 될 수도 있겠다는 생각에 들떠 있었다. 그런데도 며칠이 지나도록 연락이 오질 않았다. 결국 몇 주 후에 '다른 사람이 채용되었다'는 메일을 받았다. 기대한 만큼 실망감도 컸던지 도통 공부가 손에 잡히질 않았다. 그 길로 체육관에 가서 분노의 달리기를 했다.

집에 와 쓰러지듯 잠이 들었다가 아침에 눈을 뜨는데 기분이 이상했다. 취직이 안 되었다는 사실에는 변함이 없고 거절이 아프다는 사실도 여전했다. 아직 더 노력해야 할 것이 남아 있고, 준비를 더 해야 한다는 것도 알고 있었다. 하지만 마음 한구석에는 묘한

쾌감이 차올랐다. 정직하게 정면으로 도전하고 있다는 그 확실한 느낌. 어쨌든 도전의 시작부터 끝까지 도망가지 않고 견뎌보았다는 사실은 마음에 희한한 평화를 가져다주었다.

그날 아침 눈 덮인 캠퍼스를 가로질러 연구실을 향해 걸으며 한 가지 다짐을 했다. 원하는 것과 똑바로 눈 맞추는 용기를 낼 것. 지더라도 피하지 말 것. 이 싸움은 스물다섯의 내가 최선을 다해보지도 못하고 접어버린 싸움의 연장이니까. 더는 미룰 수가 없으니까. 그 후로도 수십 곳에 지원서를 더 냈고, 계속해서 '지원해주셔서 진심으로 감사합니다만…'으로 시작되는 메일을 받았다. 그때마다 면접 복원을 해놓은 노트를 보면서 '무엇이 부족했을까'를 계속 되짚었다. 커리어 코치를 찾아가서 몇 번이고 다시 모의 면접을 했다. 수많은 'No'들 끝에 단 하나의 'Yes'가 오기를 간절히 기다리면서.

눈이 아주 많이 내렸던 2월의 마지막 주. 나는 마법처럼 세 개의 잡오퍼를 한꺼번에 받았다. 하나는 캘리포니아 대학의 연구소, 하나는 미시간 대학의 연구소, 다른 하나는 박사후 과정이었다. 모두 기분 좋은 목소리로 "함께 일할 것이 너무나 기대된다"라며 전화를 주셨다. 하루 아침에 찾아온 그 행운들에 나는 잠시 얼떨떨했다. 한편으론 신기하기도 했다. 나름 치열하게 고민한 끝에 캘리포니아의 연구소로 최종 결정을 내렸다.

스물셋, 언론고시를 준비하던 시절. 상식과 작문 스터디를 열심히 하고, 입사준비 과정 강의도 빠지지 않고 들었다. 나름 열심히 하고 있다고 생각했는데, 왜 목표에 더 가까이 갈 수 없었을까. 이제 보니, 아주 중요한 것 하나가 빠졌다는 생각이 든다. 실패해보는 것. 정말 질릴 때까지 실패해보는 것. 넘어지고 회복하는 과정을 거듭하면서 목표가 더 명확해진다는 것을 그때는 몰랐다. 실패의 과정을 통해 막연한 열정이 구체성과 방향성을 갖춰간다는 사실도 미처 알지 못했다. 문학평론가 김미현 선생님이 하셨던 말씀처럼 '실패한다는 건 정확하다는 의미'다. 거기서부터가 비로소 진짜 준비의 시작이라는 걸, 이렇게 멀리 돌아와서 배운다.

졸업

2017년 봄, 나는 공식적으로 졸업을 했다. 한국에서 엄마 아빠가 졸업식에 참석하러 오셨다. 부모님은 내가 햇볕이 들지 않는 지하 단칸방에 살았다는 사실을 처음 아시고는 마음 아파하셨다. 하지만 그런 것들은 아무래도 좋았다. 졸업식이 열리는 5월 첫째 주의 토요일은 정말 눈이 부시도록 하늘이 맑았다. 졸업 가운을 입고 지도 교수님과 졸업식장 앞에 서 있는데, 저쪽에서 만두 씨가 환한 색 꽃다발을 들고 나를 향해 손을 흔드는 게 보였다(그 꽃다발의 주인공은 사실 내가 아니라 만두 씨가 그날 처음으로 인사드릴 우리 엄마라는 사실이

뒤늦게 밝혀졌지만).

엄마 아빠는 지도 교수님께 드리려고 한국에서 만년필을 선물로 사 오셨다. 졸업식 전날, 셋이 모여서 교수님께 드릴 편지를 함께 썼다. 아빠는 '그동안 부족한 딸을 돌봐주심에 깊은 감사를 드립니다. 교수님 가정과 앞날에 좋은 일이 있으시기를 기원합니다'라고 한국말로 쓰셨고, 엄마는 '오랜 시간 딸을 지도해주심에 너무 감사드립니다. 평생 잊지 못할 고마움입니다. 늘 건강하시기를 기도합니다'라고 역시 한국말로 쓰셨다. 내가 간단한 영어 번역을 첨부했다.

그리고 내가 편지를 쓸 차례가 왔다. 날이 날이니만큼 각 잡고 앉아서 교수님께 최루성(?) 편지를 제대로 한 바닥 쓰기로 했다(차가운 이성의 대명사이신 지도 교수님께 이런 건 씨알도 먹히지 않을 것을 알았지만, 어쨌든 마지막이니까 시도라도 해보기로 했다).

교수님,

아직도 교수님을 처음 만난 순간을 기억하고 있어요. 운동하시다 연구실로 돌아오셨는지, 트레이닝복 비슷한 걸 입고 계셨지요. 그때로부터 지금까지 정말 많은 게 변했네요. 교수님은 부교수에서 정교수가 되셨고, 학교 연구처장도 되셨네요. 인구학이 무엇인지, 통계학이 어떤 건지도 모르고 유학을 왔던 저는, 이젠 그걸 학생들에게 가르치고 좋은 인구 통계학자가 되기를 꿈꾸고 있고요.

그간 저의 지도 교수님으로, 멘토로, 제가 미래에 되고 싶은 롤 모델로 옆에 계셔주셔서 큰 힘이 되었습니다. 제게 보내주신 응원과 신뢰, 충고와 웃음들(그리고 그 셀 수 없는 고난들…. 농담이에요)에 감사드립니다. 포기하지 않으시고 늘 기다려주시고 이 잊을 수 없는 여정을 끝까지 저와 함께 해주셔서 다시 한번 감사드려요. 그 순간들과 교수님이 많이 그리울 거예요.

교수님은 졸업식이 끝나고 연구실로 돌아오셔서 혼자 그 편지를 읽으신 모양이었다. 세상 전부를 선물받은 것 같다는(교수님이 이런 감성적인 표현을 쓰셨다는 데 적잖이 놀랐다. 아니 이것은 설마 작전 성공?) 메시지를 바로 보내오셨다.

그날 저녁, 부모님이 교수님들을 저녁 식사에 초대하셨는데, 지도 교수님은 학교 동문회 마크가 찍힌 담요를 선물로 주셨다. '갑자기 웬 담요지?'하고 어리둥절하고 있는데, 교수님은 귓속말로 살짝 말씀하셨다.

"담요는 포장이다. 안에 진짜 내용물이 있다."

말린 담요를 풀어보니 버번위스키 한 병과 편지가 숨겨져 있었다(그 순간 지도 교수님을 평생 스승으로 모실 것을 다시 한번 굳게 다짐했다).

선영에게!

박사 학위 받은 걸 축하한다. 지난 7년간 정말 먼 길을 걸어왔지. 네가 이룬 모든 것들이 자랑스럽다. '진짜 세계'에 나가서도 학교에서 네가 학생으로 보여주었던 그 열정과 에너지로 네 꿈을 계속 좇아가면 좋겠구나.

네 마음을 담아서 노력하면 그게 무엇이 되었든 이룰 수 있을 거라는 걸 안단다. 그게 커리어가 아니라 세계적인 스노보드 선수 아니 스키 선수가 되는 거라고 해도 말이야(교수님은 스키어시고 나는 스노보더여서 맨날 뭐가 더 멋지다고 싸우곤 했다. 교수님은 스키만이 진정한 스포츠라고 주장하신다. 교수님을 진심으로 존경하지만, 그것만은 인정할 수 없다!).

어떤 미래가 오든,

나는 여기에서 너를 응원하고 있으마.

행운을 빈다.

졸업식이 끝나고 연구실로 돌아와 짐을 뺐다. 논문과 책이 든 상자들의 무게는 엄청났다. 수업 자료 파일도 상자에 싸두었는데, 수레가 상자를 들지 못하는 바람에 결국 노끈으로 묶어 한 덩이씩 옮겼다. 잡동사니들은 또 왜 그렇게 많은지. 색색깔의 종이클립, 애매하게 잉크가 남은 필기구, 종류가 다 다른 차 티백들, 논문 내용을 요약해둔 플래시 카드도 여기저기에서 엄청나게 나왔다.

7년 전 과 사무실에 처음 왔을 때가 떠올랐다. 모든 게 어색했고, 아주 작은 일들도 두려웠다. 시간이 가면서 텅 비어 있던 책꽂이가 논문과 책으로 조금씩 차기 시작했다. 책상 서랍에는 각종 비타민과 간식, 간단한 세면도구가 상비되어 있었다. 그 연구실에서 많은 것들을 읽고 썼다. 마음대로 읽히고 써지지 않아 울기도 하고 졸기도 했다. 그러다 포기하고 싶어질 즈음에, 가끔은 또 새로운 것들을 이루기도 했다. 그렇게 긴 시간을 거쳐 비로소 집보다 편한 공간이 되었는데, 다시 또 떠날 시간이라니.

짐을 다 빼고 텅 빈 연구실 바닥에 혼자 잠시 앉았다. 낯선 곳에 떨어져 텅 빈 곳을 채우는 일을 앞으로 몇 번이나 더 반복하게 될까. 빈 공간을 꽉 채우고 난 후에야 비로소 삶이 시작될 것 같아서 많이 조급해 했던 7년 전. 실은 채워가는 그 모든 순간이 삶이었음을 이 연구실에서 배웠다.

다시 한번, 낯선 도시에서 텅 빈 곳을 채워가야 하는 삶이 시작되려 하고 있었다. 어떤 일이 벌어질지는 알 수 없지만, 이번에는 좀 더 여유 있게 잘 해낼 수 있을 것 같은 기분이 들었다.

chapter 3

새로운 시작이

다 희망찬 건
아니라서

출근길이
가시밭길

졸업 후 첫 직장은 캘리포니아주의 주도State capital
인 새크라멘토에 있었다. 회사 근처에는 아침마다 주차
로 전쟁통이라, 운동 삼아 자전거를 타고 출근하기로
했다. 졸업을 했다는 사실은 매일 눈뜰 때마다 나를 즐
겁게 했다. 아침마다 상쾌한 공기를 마음껏 흡입하며
자출러(자전거로 출근하는 사람)의 신분을 만끽했다.

그런데 자전거로 출근한 지 약 2주만에 당황스러
운 일이 발생했다. 자전거를 도둑맞은 것이다. 출근을
하지 않는 주말에는 자전거를 발코니에 묶어두었다.
집이 2층이니 괜찮을 거라고 생각했던 게 내 불찰이었

다. 토요일 아침 운동을 다녀와서 보니 자전거가 보이질 않았다. 집 안까지 도둑이 든 것 같지는 않았고, 누군가 바깥쪽으로 베란다까지 올라와서 자전거를 훔쳐 간 것 같았다. 시골에서 도시로 이사 온 신고식을 비싸게 치른 셈이었다.

당장 월요일 출근을 위해 급히 중고 자전거를 구했다. 그런데 그 중고 자전거가 출근길에 자주 말썽을 부렸다. 주원인은 자전거 타이어 펑크였다. 그전에는 한 번도 그런 적이 없었는데 일주일 사이 두 번이나 펑크가 났다. 나는 출근길을 찬찬히 되짚어보며 원인 분석에 돌입했다. 이내, 캘리포니아 플라타너스가 주욱 늘어서 있는 구간이 문제였다는 걸 알아냈다. 하필이면 플라타너스 나무 열매들이 말라서 도로변에 떨어지는 시기였다. 그리고 불행히도 그 열매들은 뾰족한 가시로 뒤덮여 있었다. 그 가시는 타이어에 아주 야무지게도 박혔다. 아아. 지금까지 플라타너스는 낭만의 상징인 줄로만 알았는데. 내 출근길을 가시밭길로 만드는 주범이 될 줄이야.

점심시간에 자전거숍에 들러서 갈아 끼울 자전거

튜브를 샀다. 유튜브 영상으로 방법을 익힌 후 혼자서 펑크난 타이어를 갈아 끼웠다. 유튜브 영상 속 아저씨는 분명히 엄청 쉽다고 하셨는데, 서툰 솜씨 탓에 시간이 한참이나 걸렸다. 겨우 타이어 갈아 끼우기를 마치고 보니 블라우스의 등 부분이 땀으로 흥건했다. 시계는 어느새 오후 일을 시작해야 할 시각을 가리키고 있었다. 검댕이가 잔뜩 묻은 손을 씻고 후딱 자리로 돌아왔다.

출근한 지 3주 정도가 지난 시점. 세미나에서 내 논문을 발표해달라는 요청을 받았다. 나를 채용해준 회사에 내 실력과 잠재력을 증명해야 한다는 부담감이 컸다. 내 연구를 발표한다는 설렘을 느낄 여유가 없었다. 대학원에서는 비슷한 전공을 하는 사람들이 어느 정도 공통된 배경지식이 있다는 전제 하에 발표 준비를 하곤 했다. 그 때문에 연구의 배경과 선험 연구에 대한 소개를 압축할 수 있다는 게 발표하는 사람 입장에서는 아주 편했다. 반면, 회사는 각자 전공 분야가 다른 선배 박사들과 연구원들이 모여 있는 조직이었다. 다소 생소할 수 있는 내 논문의 배경과 결과를 흥미있게 잘 설명할 수 있을까. 부담이 커질수록 준비 작업은 더 더뎌졌다.

며칠 후, 욕심으로 꽉꽉 채운 서른 장의 파워포인트 슬라이드를 들고 세미나장으로 들어갔다. 교수님의 소개를 받고 사람들 앞에 섰다. 간단히 인사를 하고 준비해온 첫 슬라이드를 화면에 띄우는 순간, 내가 하나씩 통과해 나가야 할 서른 장의 빽빽한 슬라이드 더미가 한없이 무겁게 느껴졌다. 특히나 생소한 통계 모델이 나오는 부분은 많은 사람들에게 가시밭처럼 느껴질 게 뻔했다. 아니나 다를까, 발표가 중반부로 들어서고 복잡한 수식이 나오자 사람들의 눈빛이 흔들리기 시작했다. 간략하고 명확하게 설명하고 싶었으나 욕심에는 한참 못 미친 채로 발표를 마무리했다. 대학원 수업에서 발표, 학회, 발제, 강의라면 정말 이골이 날 정도로 연습을 했던 것 같은데 아직도 부족하구나. 다시 처음으로 돌아온 듯 불안한 기분이었다. 터덜터덜 퇴근하자마자 바람 빠진 바퀴처럼 고꾸라져 잠이 들었다.

눈을 떠보니 또 출근할 시간이었다. 깨끗한 블라

우스를 꺼내 입고 자전거를 대문 밖으로 꺼냈다. 가장 먼저 타이어를 찬찬히 한 번 점검했다. 공기가 조금 부족하다 싶어 펌프질로 공기를 가득 채웠다. 오늘도 길 곳곳에는 플라타너스 열매들이 버티고 있을 것이었다. 그 가시들은 야심차게 펌프질해놓은 내 의욕을 또 한 번 뻥 터뜨릴지도 몰랐다. 하지만 어쩌랴. 다른 방도가 없는 것을. 여분의 타이어를 가방에 장전하고 자전거에 올랐다(이왕 이렇게 된 거, 이참에 타이어 갈기 달인에라도 도전해볼까 봐).

졸업만 하면 모든 것이 괜찮아질 거라고 막연히 믿어왔건만 학교 밖 사회 역시 사방이 가시밭임을 깨닫는 데는 채 한 달이 걸리지 않았다. 하지만 이 또한 어쩌랴. 부딪히는 것 외에는 방도가 없는 것을. 몸에 힘을 좀 빼고 정신 똑바로 차린다. 서서히 페달을 굴리며 마땅히 깨질 준비를 마치고, 다시 회사를 향해 출발!

꽃을 사는
마음

캘리포니아가 유타와 가장 다른 건 날씨였다. 졸업 후 첫 직장이 있던 새크라멘토는 봄 여름 가을이 모두 따뜻했다. 겨울에도 기온만 조금 떨어질 뿐 눈이 오질 않았다. 덕분에 캘리포니아에는 연중 내내 파머스 마켓(농장에서 직송된 채소와 과일을 파는 시장)이 열린다고 했다. 매주 토요일 아침에는 파머스 마켓에 장을 보러 갔다. 체리를 큰 봉지로 사고, 점심 도시락 반찬을 만들 양파나 껍질콩 같은 채소도 저렴하게 사 왔다.

파머스 마켓에 가면 온갖 종류의 과일과 채소가 다 있다. 근데 거의 유일무이하게 먹을 수 없는 걸 팔고 있었으니, 그건 바로 꽃이었다. 매주 싱싱한 꽃들이 종류별, 색깔별로 나와 있었다. 어떤 주에는 수국이 많이 보이는가 싶다가 그다음 주에는 국화도 보이고 튤립도 보였다. 거기서 꽃을 사면 종이에 둘둘 말아 싸주었다. 사람들은 그 꽃을 가슴에 안거나 장바구니에 꽂은 채로 장을 봤다. 꽃을 든 사람들의 모습. 그 풍경을 보는 것만으로도 한껏 마음이 풍요로워졌다.

꽃은 참 희한하다. 보면 기분이 좋아지지만 내게 꽃은 뭐랄까. 사치까지는 아니어도 여유의 상징처럼 느껴졌다. 먹어서 피나 살로 저장할 수도 없잖은가. 며칠이 지나면 시들 게 뻔한데도 막상 사려면 결코 싸지 않은 값을 치러야 하는 게 꽃이었다. 대학원을 다니면서는 늘 월급에 쪼들리고 매일 급한 마음 여미느라, 언제부턴가 꽃을 살 생각조차 하지 않게 됐다. 결국 있던 꽃도 다 죽이고 그나마 집에 있던 식물도 말라갔다.

정원 손질이 취미인 엄마는 한국의 우리집 마당에 핀 꽃 사진을 철마다 보내주셨다. 어떤 날은 '우리 손자 얼굴 같은 꽃'이 피었다고도 하셨고, 어떤 날은

보라색 꽃이 몽환적이어서 예쁘다고 하셨다. 엄마는 미국에 잠깐 다녀가실 때도 내 자취방에 꽃을 한 아름씩 사다놓고 가셨다. 아예 없을 땐 몰랐는데, 막상 꽃을 들여놓으면 집안 가득 생기가 돌았다. 나는 그게 마치 엄마의 흔적 같아서, 시들까 봐 열심히 가꾸었다. 그러다 봄이 가고 여름이 가면 꽃은 이내 시들었다. 다시 봄이 와도 엄마가 미국에 다시 오시지 않으면 꽃을 들여놓을 일이 없었다. 집안은 늘 삭막하고 냉랭했다.

"가끔 꽃도 사고 요리도 해 먹고 그래. 그런 게 사람 사는 재미인데…."

아무리 바빠도 간간히 삶의 여유를 가지라고 엄마는 자주 당부하셨지만, 나는 바쁘다는 핑계로 그 충고에 귀 기울이지 않았다. 내 삶은 논문에 매몰되었고, 서른이 넘도록 나 자신밖에 몰랐다. 매일 바쁘고 피곤했다.

대학원 졸업식에 오셨던 엄마는 그런 내가 안쓰러우셨는지 짧은 편지 한 장을 남기고 가셨다.

"인생은 지나고 나면 무척 덧없고 짧단다. 그러니 여유 있게 살아라. 남을 많이 도와주고 나누어라. 자기 자신을 중심에 놓고 사는 삶도 좋겠지만, 사람은 함께 살고 또 부대끼면서 향기로워지는 거란다. 주위 사람을 돌보고 주변을 둘러보며 사는 게 비효율적인 것처럼 보일 때도 있겠지. 하지만 그런 삶의 태도야말로 너를 따뜻한 사람이 되게 하는 거야."

졸업을 하고 두 달이 되어가던 어느 토요일 아침. 파머스 마켓에 나온 꽃들을 보다가 문득 엄마의 편지를 떠올렸다. 내 곁에 머무는 사소한 것들을 아끼고 돌아보는 삶. 무언가를 심고 가꾸고 나누는 삶으로 돌아가고 싶었다. 한참을 꽃집 앞에서 서성이다가 과감하게 꽃을 한아름 사서 품에 안았다.

집에는 마땅한 꽃병 하나가 없었다. 피클 병을 씻어 사 온 꽃을 가지런히 꽂았다. 아침에 일어나자마자 꽃과 눈을 맞추고 잠자리에 들기 전에도 꽃을 바라보았다. 웅크렸던 봉오리들은 매일 착실하게 조금씩 얼굴을 열어갔다. 시간이 지나면 결국엔 시들고야 말겠지만, 그럼에도 그 순간에 대담하고 분명하게 피어나는 행복들. 물론 꽃을 산다고 해서 순간을 영원으로 바꿀 수는 없겠으나 행복의 순간을 더 선명하게 기억할 수는 있을 터였다. 첫 월급을 받자마자 나는 엄마에게 꽃을 보냈다. 꽃이야 며칠이 지나면 곧 시들겠지만, 그 꽃을 들고 환하게 웃을 엄마의 모습은 오래 기억하게 될 것 같았다.

번거로움이라는
핵심

캘리포니아로 이사오자 요세미티 국립공원이 집에서 세 시간 반 거리로 가까워졌다. 미국에 처음 왔을 때부터 가고 싶었던 곳이었다. 유타에 살던 때에는 너무 멀어서 엄두를 내지 못했다. 날씨가 풀리자마자 떠날 요량으로 요세미티 첫 백패킹 계획을 짰다. 지도를 보고 코스를 공부하고, 백패킹 허가증을 발급받으며 마음이 들떴다. 상자에 넣어두었던 백팩과 텐트를 오랜만에 꺼냈다.

출발 전까지 걱정했던 게 하나 있었다. 바로 처음 가보는 요세미티의 날씨와 기온이었다. 나는 추위를 많이 타기 때문에 유독 기온에 신경을 곤두세우는 편이다. 남들은 하나도 안 춥다고 하는 곳에서 혼자 덜덜 떨었던 적도 많아서, 내복과 파카는 무슨 일이 있어도 꼭 챙긴다. 한밤중 텐트 안에 누워 있으면 스물스물 엄습해오는 추위. 더 이상 꺼입을 옷도 없는 상황은 상상만 해도 온몸에 소름이 돋는다.

예전에 히말라야 트레킹을 갔을 때였다. 최종 목적지였던 칼라파타르를 올라가기 바로 전날, 엄청나게 추웠던 그 밤은 공포 그 자체였다. 끓인 물을 물통에 담아 침낭 속에서 굴리며 잤는데도 얼마나 추웠던지! 밤새 콧물 닦은 휴지를 코 앞에 놓고 잠이 들었는데 일어나니 휴지가 얼어 있었다.

설마 5월의 캘리포니아가 히말라야만큼 추울 리야 없겠지만, 혹시라도 밤중에 추위 때문에 고생을 할까 봐 겨울용 재킷을 두 개나 챙겼다. 요세미티에서의 첫 백패킹을 악몽으로 만들 순 없으니까.

드디어 요세미티에서의 첫날밤, 양말을 두 켤레나 덧신고 침낭 안에 들어갔는데도 새벽에 문득문득 춥다는 생각이 들었다. 침낭 안에서 몸을 이리저리 굴려

가며 모자를 당겨쓰고 재킷의 지퍼를 턱 바로 밑까지 잠근 채 긴 밤을 보냈다. 둘째 날에는 뜨거운 차를 한 잔 마시고 잠자리에 들었다. 다행히 좀 더 푹 잘 수 있었다.

사서고생도 그런 사서고생이 없는 백패킹. 이걸 계속하는 이유는 무엇일까. 멋진 사진을 찍어서 SNS에 올릴 수 있기 때문일까. 아니면 남들과 다른 취미를 자랑하며 '멋지다'는 소리를 듣기 위함일까. 뭐 그런 이유도 다 좋지만, 만약 그뿐이었다면 굳이 춥고 고생스런 길을 택할 필요는 없을 것이다. 고생스럽지 않게 즐길 수 있는 근사한 취미는 얼마든지 많으니까. 그런데도 왜 여전히 백패킹이 좋은 걸까. 하산길 내내 백패킹의 매력에 대해서 곰곰이 생각해봤다.

아이러니하게도 '결국은 춥기 때문에 계속 백패킹을 하는 게 아닐까'라는 좀 어이없는 결론에 도달했다. 한기가 슬금슬금 엄습하는데 더 이상 입을 옷이 없을 때, 그제야 몸은 필사적으로 열을 내기 시작한다. 내 체온으로 침낭을 덥혀 남은 밤을 견뎌야 하니까. 백패킹을 마칠 때마다 유난히 기분이 좋은 이유는, 내 안에 있는 열을 확인하고 돌아오는 길이기 때문이 아닐까.

누구도 강요하지 않지만 스스로가 가진 열을 확인하러 간다는 번거로움이야말로 백패킹의 재미가 아니겠는가. 살면서 한 번씩 맞딱뜨리게 되는 추운 밤. 아무리 헤집어보아도 의지할 데라곤 없는 상황. 그런 시간을 한 번 견디고 나면 내 자신을 좀 더 믿게 될지 모르니까. 그렇게 더 멀고, 더 낯선 길도 떠날 힘이 생길 테니까.

힘든 백패킹을 마치고 집으로 돌아오는 길. 캘리포니아에서도 아주 멋진 시간을 만들어갈 수 있을 거라는 예감이 들었다. 한 번도 가본 적 없는 먼 곳에 짐을 풀고, 내일 뜰 가장 멋진 태양을 기다리며 잠드는 것. 눈을 뜨면 간단하게 아침식사를 마친 후, 내 몫의 짐을 챙겨 다시 길을 떠나는 것. 자는 것과 먹는 것이 조금 불편해도 기꺼이 그것을 견뎌내는 삶. 내가 가진 모든 에너지를 뭉쳐 자신감을 만들어내는 젊음의 한 시절. 캘리포니아에서 보내는 매 순간이 부디 그러하기를.

박사 학위와
낚시꾼

회사에서 첫 사원증을 받았을 때의 느낌을 잊을 수가 없다. 사원증을 목에 걸고만 있어도 무한 감동이 밀려왔다. 통계분석가라는 명칭이 붙어 있는 것도 좋았고, 내 이름 옆에 학위를 함께 찍어주는 것도 좋았다. 회사 근처 카페에 가면 종업원들이 사원증에 적힌 이름을 흘끗 보고는 알아서 내 이름으로 주문을 넣어주었다. 커피값을 결제하고 나면 "Thank you, Sunny" 라고 내 이름을 불러주는 서비스까지! 내 정체성이 명확해지는 느낌이었고, 그게 희한한 만족감을 주었다.

대학 새내기 시절에도 비슷한 경험을 했다. 나는

공학 전공으로 입학했고, 화학 실험이 필수 과목이었다. 실험 수업에는 실험용 흰 가운과 고글을 챙겨가게 되어 있었다. 아주 간단한 실험인데, 코트와 고글을 착용하고 있으면 내가 뭐라도 된 것처럼 근사한 느낌이 들었다(내가 공학에 재미를 붙이지 못할 거라는 사실, 결국 전공을 바꾸고 대학만 무려 10년 가까이 다니게 될 거란 사실을 그땐 미처 몰랐다. 그걸 알았더라면 그렇게까지 해맑게 행복해하진 않았겠지). 지금와서 돌아보면, 직함이나 옷 따위는 정말 아무것도 아니었다. 그런 것들은 실력을 증명해줄 수 없었다.

만두 씨에게 이런 이야기를 했더니 그는 친구 J가 생각난다고 했다. J는 구글에서 소프트웨어 엔지니어로 일하고 있다. J는 학부를 졸업하자마자 실리콘 밸리의 굵직한 기업 세 곳에서 동시 오퍼를 받은 잡 마켓의 슈퍼스타였다. 취업 후에도 변함없이 열심히 공부하며 점점 무림의 고수가 되어가는 중이었다. 그는 자신이 차곡차곡 쌓아온 경험을 토대로 기업문화에 대한 책을 내기도 했다. 그런데 정작 J의 링트인(커리어 관련 인맥을 관리하는 소셜 네트워킹 서비스) 페이지에 가면 직함이 '낚시꾼'이라고 되어 있단다(내가 J였다면 아마 그간 일해온 회사들의 이름을 대문짝만하게 써두고, 현재 직함에는 형광펜까지 발라뒀겠지. 내가 얼마나 잘나가는지 이 동네에 모르는 사람이 없도록 하겠다는 기세로).

페이스북에서 초창기부터 일한 시스템 디자이닝의 대가 K선생님은 어떤가. 그분의 링트인 프로필에는 '페이스북에서 10년째 일함. 여전히 인턴 느낌'이라고 되어 있다. 결국 나는 만두 씨에게 웃으면서 고백했다. "나 같은 꼬꼬마나 사원증, 학위 같은 게 자랑스럽지. 진짜 고수들은 이런 건 신경도 안 쓰나 봐"라고. 만두 씨도 그 기분을 알 것 같다며 웃었다. 생각해보면, 대학 신입생 때 화학 실험실에 들어오신 교수님들의 랩코트와 고글은 정작 깨끗하지도 않았다. 그런 건 그들의 관심사가 아니었다. 그들은 그저 매일 밥 먹듯이 실험을 하며 연구에 몰두할 뿐이었다.

신영준, 고영성 선생님의 《완벽한 공부법》에는 몰입의 위력에 대한 이야기가 나온다. 자기 일에 몰입한 사람들은 자아감이 강해지고, 과업 수행을 통해 자기 성장을 느끼기 때문에 행복해진다는 이야기. J나 K선생님, 학부 시절의 교수님들처럼 자신이 하는 일에 완벽하게 집중하고 있는 사람들은 굳이 사원증이나 명함으로 자신을 증명해야 할 필요가 없을 터였다.

반대로 직함이나 감투, 출신 학교나 학위를 경력이나 실력보다 앞세워 자신을 증명하려는 사람들에게서는 특유의 조급함을 본다. 그런 사람들에게 이상한 거부감을 느끼다가도 문득 "내가 그러고 있네" 싶을 때면 정신이 번쩍 든다. 내 정체성은 다른 사람이 나를 무엇이라고 부르는지에 따라 결정되지 않는다. 몰두한 시간이 쌓여 나라는 사람을 만들고 내 자존감이 된다. 그러니 내가 지금 신분증이나 자랑스러워하고 있을 때가 아닐 텐데. 커피 매장 직원으로부터 커피 받아들고 서둘러 일하러 간다.

졸업한 지 6개월. 박사 학위 논문은 수정 작업까지 모두 끝나 도서관에 제출되었고, 통계분석가가 되겠다던 꿈도 이루었다. 학위와 직함은 얻었는데, 그 정체성에 걸맞게 노력하며 살고 있는지 스스로에게 물어본다. '흔들리지 않는 자존감을 어디서 돈 주고 살 수 있다면 이런 고생을 안 해도 될 텐데!' 이런 이상한 상상도 해보지만 그러면 또 그게 무슨 재미인가 싶기도 하다. 자존감이 깨지면 다시 쌓으면 되는 것이다. 조용하지만 단단하게. 몰입함으로써 행복하게.

캐롤라인의
은퇴식

내가 캘리포니아의 연구소에서 일한 지 약 6개월이 되어갈 때였다. 연구소의 최연장자 중 한 분인 캐롤라인의 은퇴식이 있었다. 영어에는 존댓말도 없고, '국장님', '팀장님' 같은 호칭도 잘 안 쓰니까 그냥 이름을 부른다. 사실 한국이었으면 까마득한 상사님으로 모셨을 분이다.

캐롤라인은 늘 차분하게 남의 말을 잘 들어주었다. 신참인 나도 스스럼없이 무엇이든 털어놓을 수 있었다. 아빠가 파킨슨병을 앓고 계시다는 사실을 가장 먼저 털어놓았던 사람도 캐롤라인이었고, 엄마 아빠가 미국에 오셨을 때 가보실 만한 관광명소를 추천해 준 사람도 캐롤라인이었다. 엄마 아빠가 마뜩잖아했던 만두 씨와의 2차 대면을 앞두고 긴장한 마음을 토로했던 사람도 역시 캐롤라인이었다. 캐롤라인은 나만한 딸이 있다며, 아마 엄마 입장은 이럴 거라고 따뜻한 조언들을 아낌없이 들려주었다.

은퇴식이 있기 며칠 전, 캐롤라인과 같이 점심을 먹다가 문득 궁금해서 물어봤다.

"은퇴하면 가장 먼저 뭘 하실 거예요? 아침에 늦잠 주무실 거예요?"

"좀이 쑤셔서 늦잠 잘 수 있는 스타일은 아니고. 실은 멋진 계획이 있지."

그 계획이 뭐냐고 물었더나 의외의 대답이 돌아왔다.

"디즈니랜드!!"

너무 멋진 계획에 나는 엄지손가락을 치켜들었다. 캐롤라인은 나이가 들어도 디즈니랜드에서 환상적인 크리스마스 분위기를 즐기는 게 여전히 좋다며 활짝 웃었다. 미국 사람들은 은퇴식에 오면 다들 축하한다며 축제 분위기를 낸다. 무엇을 축하한다는 것일까. 이제 자유의 몸(?)이 된 것을 축하한다는 것일까? 아니면 30년이란 세월동안 매일 아침 일찍 일어나 꾸준하고 성실하게 살아온 삶을 축복한다는 것일까? 그 이유야 어찌됐든 캐롤라인의 은퇴 파티에서는 모두가 즐겁고 행복했다. 우리는 쭈욱 돌아가면서 캐롤라인과의 소중했던 순간들, 특별한 기억들을 하나씩 나누고, 캐롤라인에 관한 퀴즈도 풀었다. '캐롤라인의 사위 이름'을 가장 빨리 맞춘 사람은 나였다. 연애 상담을 하면서 캐롤라인의 딸과 사위 얘기를 많이 듣다보니 그녀의 사위 카일이 마치 만난 적 있는 사람처럼 느껴질 정도였다.

　나의 부모님도 그로부터 약 두 달 전, 예정보다 빨리 은퇴를 하셨다. 엄마가 은퇴하실 때 직원들이 와서 많이 울었다고 했다. 아빠의 은퇴식 역시 눈물바다였다고 한다. 아마 아빠가 건강 문제로 급히 은퇴를 하시게 되면서 직원들의 아쉬움이 컸던 건지도 몰랐다. 하지만 예상외로 엄마 아빠는 은퇴 후 너무 즐겁게 지내신다. 아빠는 "노는 게 제일 좋아!"라고 흥얼대기까지 하신단다(덕분에 엄마로부터 뽀로로라는 별명까지 얻으셨다고). 평생 열심히 일해온 두 분에게 은퇴는 선물 같은 시간이다.

엄마 아빠가 은퇴를 하시는 해가 되어서야 나는 겨우 공부를 마치고 첫 직장을 잡았다. 엄마는 오랫동안 쓰던 만년필을 졸업식 날 내게 물려주었다. 마치 이어달리기의 바통을 받아든 느낌이었다. 작은 만년필 한 자루에는 엄마가 일터에서 보낸 세월의 흔적이 고스란히 남아 있었다. 그 만년필을 받고 들었던 생각을, 캐롤라인의 은퇴식에서 다시 한 번 했다. 나의 엄마, 나의 아빠, 나의 선배들이 일터를 떠날 때 그들의 빈자리가 듬성하지 않도록 우리가 열심히 해야겠다는 생각. 누군가에게 도움이 되고, 즐거움이 되는 것들이 세상에 계속 나오도록 오늘도 부지런히 배워야겠다는 다짐.

나도 내 몫의 달리기를 최선을 다해 끝까지 해내고 싶다. 때가 오면 부끄럽지 않게 그 바통을 다음 주자에게 넘겨주고, 후련한 마음으로 뽀로로가 되어 디즈니랜드로 떠날 수 있도록 말이다.

레모네이드와
애플힙을 위하여

———————

캘리포니아의 연구소에서는 일 년 계약직으로 일을 시작했다. 성과에 따라 차후의 계약 연장과 정규직 전환 여부를 결정한다고 했고, 그 여부는 첫 근로 6개월 정도를 하고 난 시점에 알려준다고 했다. 새로운 환경, 새로운 일에 적응하다 보니 6개월은 생각보다 빨리 지나갔다.

어느덧 연말이 왔다. 내가 일을 시작한 지 꼭 6개월이 되던 12월 초 어느 날. 옆자리에 앉는 동료들과 점심을 먹으며 계약과 펀딩, 커리어 전반에 대한 이야기를 나누게 됐다. 다들 입 모아 "네 계약에 대해서 먼저 인사 담당에게 말을 꺼내 봐야 한다"고 말했다. 한 선배는 "네가 스스로 만들어가지 않고, 네 스스로를 증명하지 않으면 누구도 너를 신경 써주지 않는다"고 충고했다. 정말 맞는 말이었다.

점심 식사를 끝내고 자리로 돌아오자마자 내 계약을 담당하는 인사과의 스태프에게 메일을 썼다. '이번 달에 계약 연장 여부에 대해 통보받기로 했습니다. 필요한 서류가 있거나 직접 대화가 필요한 경우 얘기해주세요'라고 썼다. 바로 답장이 왔다. '펀딩의 상황을 보기 위해서는 2월까지 기다려야 할 것 같다'라는 답변이었다. 그리고 연이어 빛의 속도로 대두되는 신분 문제. '그런데 네 비자 상황이 어떻게 되니?'라는 질문이었다.

남의 나라에서 외국인 신분으로 살기는 생각보다 어렵다. 더구나 남의 나라에서 돈 벌기는 더 어렵다. 학생비자와 'Optional Practical Training(OPT)' 라는 제도로 3년까지는 미국에서 합법적으로 일을 할 수 있지만, 그 후부터는 취업 비자나 영주권 스폰서가 필요한 상황이었다. 회사 바깥에는 비자 문제 없이 일할 준비가 되어 있는 미국인 석박사들이 차고 넘쳤다. 그런 상황에서 비자 문제에 대해 먼저 말을 꺼내기도 참 쉽질 않았다.

'계약 연장 및 영구직 전환'이라는 확답을 받지 못했기에 그날부터 나는 다시 취업 준비생 모드로 돌입했다. 만약 2월까지 기다렸다가 계약 연장이 안 되는 경우, 새로운 직장을 찾아 비자 문제까지 해결하기에는 시간이 너무 촉박했다. 필사적인 마음이 장전되었다. 퇴근 후에는 이직 준비에 몰두했다. 이력서를 업데이트하고, 지금까지 했던 프로젝트와 썼던 논문들을 정리하는 것부터 시작했다. 회사 업무 외에 코딩 연습도 했다. 졸업 논문을 쓰고 강의를 하면서 취업 준비에 매진하던 때로 시간을 되돌린 것 같았다.

산다는 게 가끔 헬스 하는 것과 비슷할 때가 있다. 처음 운동을 시작할 때에는 가벼운 덤벨도 아주 무겁게 느껴진다. 하지만 무게를 조금씩 올리면서 꾸준히 트레이닝을 하면, 자신도 깜짝 놀랄 만큼의 무게도 들어올릴 수 있다. 물론 그러다 운동을 쉬면 무게에 대한 적응력이 떨어져 다시 처음으로 돌아간다.

살면서 어려운 일을 만날 때도 비슷하다. 처음엔 무겁고 부담스러워 보이는 일들도 차근차근 준비해나 가면 결국 감당할 수 있게 된다. 물론, 그러다 훈련을 게을리하면 이내 처음으로 되돌아오고 만다. 일 년 동 안 잊고 있었던 취업 준비와 비자 문제의 무게. 오랜만 에 그 무게를 마주하니 두려웠다. 다시 매일 훈련해나 가야 할 터였다.

그 무렵《마션》을 쓴 작가 앤디 위어의 신작《아르테미스》를 읽었다. 2080년대 달에 생긴 마을 '아르테미스'에서 일어나는 일을 다룬 공상과학 소설이다. 소설 내내 달의 중력이 지구 중력의 약 1/6밖에 되지 않는다는 사실은 아주 흥미로운 설정들을 불러왔다. 달에서는 뛰기가 오히려 쉽고 멈추는 게 힘들다는 것, 계단 한 칸의 높이가 지구에서보다 훨씬 높다는 것, 물의 끓는점이 낮아서 커피가 진짜 맛이 없다는 것, 근육이 제대로 발달하지 않기 때문에 신생아를 포함한 6세 미만의 어린아이들은 달로 이사갈 수 없다는 것, 비슷한 이유에서 태아의 신체 발달을 고려하여 임

산부는 달에 남을 수 없다는 것 등등.

그중 유난히 기억에 남는 부분은 달에 살던 사람이 지구에 돌아가기 위해서 거쳐야 하는 훈련에 관한 대목이다. 달에서 오래 살던 사람이 지구로 가려면 준비 과정을 거쳐야 한다. 근육과 뼈가 자라도록 자극하기 위해 특별한 약을 먹고, 매일 몇 시간을 공중력 회전 장치 속에서 보낸다. 달의 가벼운 중력과 무게에 너무 오래 익숙해지면 점점 지구로 돌아가기 힘들어진다는 대목도 있었다.

그 책을 읽다가 문득, 내가 취업 준비를 할 때 알고 지내던 한국인 교수님이 해주셨던 말씀이 떠올랐다.

"편한 업무에 익숙해지면 커리어 끝나는 거예요."

치열한 공부와 새로운 도전의 무게 없이 내가 꿈꾸는 '통찰력 있고, 날카롭고, 유머와 지성을 겸비하고도 섹시한' 통계분석가가 될 수는 없을 것이다. 어쩌면 그건 달나라에서 훌륭한 역도 선수가 되는 것만큼이나 어려울지 모른다.

이게 다 섹시한 분석가가 되기 위해 치러야 할 훈련이 아니겠냐고(억지로) 웃어보았다. 내가 조금 게을러지려 하니, 누군가 나타나 무거운 덤벨을 던져준 느낌이었다. 미국 속담에 '삶이 레몬(신 것)을 주면 레모네이드(청량한 음료)를 만든다'는 말이 있다. 삶이 50킬로그램짜리 덤벨을 던져주면 기꺼이 애플힙을 만드는 수밖에.

그래. 또 시작이구나. 처음부터 다시. 애플힙과 레모네이드를 위하여! 헛둘헛둘!

나무의 시간,
사람의 시간

내가 회사의 재계약 문제로 지독하게 마음고생을 하고 있을 때 만두 씨도 나름 치열한 싸움 중이었다. 아이다호에서 약 2년여 동안 회사 생활을 한 뒤, 만두 씨는 자신이 오랫동안 꿈꾸었던 실리콘밸리로 이직하기 위해 본격적인 준비에 들어갔다.

퇴근하고 집에 와서도 늦게까지 공부했고 주말을 반납한 채 내내 책상 앞에 붙어 있었다. 본격적으로 회사 면접이 시작되자, 만두 씨는 거의 2주에 한 번꼴로 캘리포니아에 다녀갔다. 금요일에 퇴근하자마자 아이다호에서 비행기를 타고 날아와서 주말에는 공부를 했다. 월요일에 하루 꼬박 면접을 본 뒤에는 다시 밤 비행기를 타고 아이다호로 돌아가 화요일에 출근하는 생활.

어느 토요일, 또 한 번 그 일정을 소화하러 캘리포니아에 왔던 만두 씨가 많이 지쳐 보였다. 공부를 잠시 접어두고 기분 전환 겸 함께 밖에 나갔다 오기로 했다. 목적지는 '빅 베이신 레드우드 주립공원Big Basin Redwood State Park'으로 정하고 차를 몰았다.

만두 씨도 나도, 레드우드Redwood는 태어나서 난생 처음 보았다. 세계에서 가장 높이 자라는 나무라고 한다. 레드우드의 서식지는 빙하기 말부터 줄어들다가 결국엔 북부 캘리포니아 인근으로 좁아졌다. 지금 우리가 볼 수 있는 레드우드 숲은 1억 6000만 년의 시간을 견디고 남은 일부분이란다. 도착해서 공원 내 직원에게 추천받은 11킬로미터짜리 코스로 등산을 했다. 시간 여유가 있어 매점에서 음료수를 한 잔씩 마신 후 공원 내 여기저기를 둘러보았다.

우리는 특히 방문자 안내소 근처에 전시해둔 거대한 나무의 단면에 흥분했다. 셀 수 없이 많은 겹겹의 나이테가 때론 촘촘하게, 때론 성기게 거듭된 모습은 마치 예술작품처럼 아름다웠다. 지금으로부터 약 1500년 전인 544년, 이 세상에 첫 싹을 틔운 것으로 추정된 나무였다. 그러니 600년경 마야문명이 정점을 찍던 때에도, 1492년 콜럼버스가 아메리카 대륙을 발견했던 때에도, 1508년 미켈란젤로가 시스티나 성당 벽에 그림을 그리기 시작했던 때에도, 1653년 타지마할이 완공되었던 때에도, 나무는 자신의 자리에서 묵묵히 시간을 견뎠던 것이다. 그리고 1936년에 비로소 생을 마감할 때까지 나무는 자신이 견뎌온 시간과 이야기를 모두 나이테에 아로 새겼다. 그 길고 지난한 생장의 과정을 상상해보는 것만으로도 가슴이 뭉클했다.

산다는 건 종종 《안나 카레니나》의 첫 문장 같을 때가 있다. '행복한 가정은 서로 닮았지만, 불행한 가정은 모두 저마다의 이유로 불행하다All happy families are alike; each unhappy family is unhappy in its own way(원문은 러시아어로 쓰였다)'는 말.

행복의 이유는 단순하다. 불행의 이유가 딱히 없는, 모든 게 어느 정도 갖춰진 상태라는 것. 하지만 그

중 어느 하나라도 무너지는 순간 불행이 찾아오기에 불행의 이유는 제각각이다. 하나가 무너져서 해결하고 나면 저쪽이 또 무너지고 다 갖춰진 줄 알았는데 생각지도 못한 결핍이 또 찾아오곤 한다. 졸업도 했고 살 집도 마련했고 밥도 잘 먹는데, 느닷없이 우울함이 찾아오기도 하는 것처럼 말이다. 그런 불행의 싹들을 이제는 알아서 꼼꼼하게 가지치기도 하고, 내 자리에서 묵묵히 견뎌내고 자라나며 끊임없이 결을 더해가고 싶다고 생각했다.

만두 씨가 나이테의 진한 부분을 손으로 쓰다듬으며 말했다.

"이때, 이 나무는 무척 힘든 시기를 보냈구나."

세포분열이 활발하게 일어나는 봄여름에는 나이테가 옅고, 추워서 생장이 힘든 겨울에는 세포분열이 위축되며 세포벽이 두꺼워져 진한 색의 나이테가 남는단다. 결국 이 아름다운 나이테를 생성하는 것은 맑았던 날들과 비 오던 날들, 행복했던 날들과 움츠러들었던 날들의 반복과 격차라고 했다.

삶은 결코 행복했던 날만을 기억하지 않는다. 때

로는 행복만큼 아픔도 깊이 기록된다. 하지만 시간이 지나면 짧은 순간의 좌절과 맘고생들은 결국 휘발되고, 생장하려 숨쉬고 몸을 뻗었던 눈물겨운 노력들이 남아 아름다운 무늬를 만들어내는 모양이었다. 나무 주위를 서성이다가 결국 만두 씨는 두 팔을 활짝 벌려 나무를 껴안았다. 나무 혼자 묵묵히 견뎌낸 천 년의 시간. 그 시간의 이야기들을 가슴 가득 끌어안아 보겠다는 듯이.

고지가
저기였는데

새해 연휴가 막 끝난 1월 초의 어느 날. 아침부터 일진이 사나웠다. 아침을 먹는데 새 메일 도착 알림음이 울렸다. 학술지의 편집자가 보내온 논문 게재 거절 메일이었다. 이런 소식을 또 새벽 댓바람부터 알려주시다니. 잠시 멍해 있다가 정신을 차리고 밥을 마저 먹었다.

"괜찮아. 빨리 고쳐서 다른 학술지에 내면 돼."

논문 공저자들에게 게재 거절 소식을 알리는 이 메일을 보내고 후딱 출근 준비를 했다. 오랜만에 메디컬센터에서 통계 컨설팅이 있는 날이었다. 모처럼 빳

뺏하게 다린 블라우스를 입었다.

그맘때쯤 이직을 위해서 세 개의 연구소와 동시에 면접을 진행 중이었다. 한 건은 면접이 완료되어 추천인을 확인하고 있다는 연락을 받았다. 다른 두 건은 여전히 면접이 진행 중이었는데, 둘 다 2차 면접까지 통과 후 최종 면접을 앞두고 있던 터였다. 2차까지 통과를 했으니 이쯤에서 비자 문제를 확인해야겠다는 생각이 들었다. 두 군데에 모두 연락을 해서 비자 상황에 대해 설명했다. 한 군데에서는 내가 당시 갖고 있던 비자로 근무할 수 있다는 연락이 왔다. 그다음 주에 최종 면접 스케줄도 잡혔다. 나머지 한 군데에서는 내 비자로 근무가 안 된다는 연락을 받았지만, 감사하게도 면접관을 맡은 교수님께서 "방법을 찾아볼 테니 조금 기다려보라"고 이메일을 주신 터였다.

"둘 다 이 동네에 취업하면 가끔 평일 점심도 함께 먹을 수 있겠네."

만두 씨와 꿈 같은 상상을 했던 바로 그 대학의 연구소였기에 희망의 끈을 놓지 않고 기다렸다. 회사에서 오전 업무를 끝내고 컨설팅을 나가려는데, 새 메일 도착 알림음이 울렸다. 발신인이 바로 그 대학의 연구소였다. 급히 메일을 열었다.

'여러 사람에게 수소문해 봤으나 지금으로선 방법이 없구나. 내일로 예정되어 있던 면접을 취소해야 할 것 같다'는 내용이었다.

거절을 당하는 건 매번 쉽지 않다. 논문이며 취업 면접이며 지금까지 그렇게 여러 번 거절을 당했는데도 여전히 마음이 쓰린 게 오히려 신기하게 느껴질 정도였다. 다만 아쉬운 마음을 처리하고 그 상황을 빠져나오는 데에는 나름의 요령이 생겼다. 아쉬움과 분노로 뒤범벅된 감정의 늪에서 가능한 한 빨리 빠져나와야 한다. 과하게 술을 마시거나 누군가에게 전화를 걸어 징징대거나 혼자 침대에서 끙끙 앓는다면 마음을 여미기가 오히려 더 힘들어진다.

통계 컨설팅을 하고 나오니 온몸에 땀이 흥건했다. 배도 몹시 고팠다. 메디컬센터 안에 있는 카페에 들러 겨자와 마요네즈를 듬뿍 바른 샌드위치와 토마토치킨 수프를 먹었다. 그릇을 반납하고 다시 자리에 앉아 랩탑을 꺼냈다. 이메일을 열어서 그 연구소의 교수님께 답장을 썼다. '미래에 또 기회가 있기를 바랍니다. 알아봐주셔서서 감사합니다'라고 간단히 적은 후 발송 버튼을 눌렀다.

정상이 코앞에 보이는데 "잠시 하산했다가 다시 올라오세요"라는 말을 들은 듯한 기분이었다.

그렇다고 그 산행이 괜한 헛걸음이 되는 것일까. 그렇게 생각하지는 않기로 했다. 높은 산은 몇 번을 시도하다가 결국 한 번 올라가게 된다는 사실을 믿는다.

다음을 기약하며 하산해야 하는 일은 그 후로도 몇 번 더 되풀이되었다. "이번에도 아니구나"라고 내려왔다가 다시 기를 쓰고 같은 자리로 올라가는 과정을 반복하며, 졸업 후 첫 겨울이 지나가고 있었다.

면접관을 사로잡는
궁극의 매력

무언가를 간절히 원하면 온 우주가 돕는다고 하지만, 무언가를 간절히 원한다는 게 내게는 사실 좀 겁나는 일이다. 유학을 오기 전 대학 3학년 때. 떠나간 첫 남자친구 생각에 눈물의 깡소주를 마시고 있는 나에게 선배들이 와서 그랬다.

"너, 걔 붙잡지 마. 네가 잡고 매달릴수록 걔는 더 안 돌아오니까."

물론 나는 선배들 말을 안 듣고 매달렸다가 그 사람이 더 식겁하며 떠나가게 만들고 말았다. 참 아이러니하게도 간절함은 지나친 긴장감을 불러오고, 지나치게 긴장하는 사람은 매력이 좀 떨어지는 것 같았다.

그건 비단 연애에만 해당하는 얘기는 아니었다. 취업 시장에서도 그랬다. 취업 면접은 볼 때마다 입술이 타들어 갔다. 워낙 취업 시장이 어렵다고들 하니까 게다가 철저한 외국인의 신분으로 부딪히는 거니까 내게 주어지는 기회들이 하나하나 너무 소중했다. 이번에는 꼭 되어야 한다는 간절함이 커지다 보니 늘 지나치게 긴장을 하곤 했다. 덕분에 수많은 면접을 말아먹었다. 모르는 문제가 나오면 "생각할 시간을 2분 정도 주실 수 있나요?"라는 말을 차마 꺼내지도 못하고 앞뒤가 엉킨 영어만 뱉어내기도 했다. 누가 봐도 매력적인 인재는 아니었을 것이다.

여유가 필요하다는 건 알고 있었지만 도무지 방법을 알 수 없었다. 답답한 마음에 학교 커리어 코치였던 도나를 찾아갔다.

"면접 보는 내내 조급해요. 좀 여유있게 할 수 있으면 좋을 텐데…."

내 말에 도나는 씨익 웃으면서 말했다.

"썬. 그냥 계속하는 거야. 이력서와 커버 레터를

고쳐서 계속 또 보내보는 거야!"

묘수를 기대했던 나는 '아니, 뭐 이런 막무가내식 해결책이 다 있나' 고개를 갸우뚱하며 커리어센터를 나왔다. 기운이 쪽 빠졌지만 도나가 말한 대로 계속 지원하는 것 외에 달리 할 수 있는 일도 없었다. 지원하고 또 면접 보고 앞뒤 없는 영어를 내뱉다가 또 떨어지고 다시 지원하고. 기약 없이 그 지옥의 무한 반복을 계속하던 어느 날. 가까스로 취업에 성공했다. 그땐 마냥 기뻐하느라 대체 뭐가 어떻게 된 건지 도나의 충고가 무슨 의미였는지 되짚어볼 겨를이 없었다.

그로부터 일 년이 지나 다시 취업 시장에 뛰어들었다. 실업의 공포는 여전했지만 지금껏 면접을 너무 많이 본 터라 나름의 요령이 생겼다. 저쪽에서 연구소와 진행 중인 프로젝트에 관해 이야기해주시면, 무얼 확인해야 하고 무엇이 궁금한지 리스트가 자연스럽게 머릿속에 떠올랐다. 그렇게 자연스레 대화를 이어가다 보면 가끔 면접관과 농담을 주고받는 날도 있었다.

하루는 면접관이 "마지막으로 혹시 하고 싶은 말이 있어요?"라고 물어보셨다. 급기야 "배워야 할 것들이 무척 많겠네요. 하지만 조심스럽게 말씀드려보면 제가 아주 잘 해낼 수 있는 종류의 일이라고 생각합니다"라는 대답을 멋드러지게 던져놓고 스스로도 놀랐다. '뭐지? 좀 재수 없기까지 한 이 자신감은?' 일 년 전만 해도 "없습니닷! 수고하세요!!"라고 허겁지겁 인사하고는 도망치듯 나왔을 텐데. 그때부터 면접에 조금씩 자신감이 붙었다.

미국의 퍼스트레이디였던 미셸 오바마는 버락 오바마 대통령에 관해 이렇게 쓴 적이 있다. '실패하더라도 자신에게 또 다른 기회가 있을 거라고 생각하는 사람, 혹은 기회가 바닥나면 어쩌나 하는 걱정에 시간과 에너지를 낭비하지 않는 사람은 본질적으로 든든한 면이 있다'고. 오바마 대통령이 그런 기회들을 얻기 위해 성실히 노력했다는 말을 덧붙이는 것도 잊지 않았다. 지금까지 수백 명 넘는 학생들의 취업 활동을 도와주었을 커리어 코치 도나는 아마 알고 있었을 것이다. 도전할 기회를 스스로 계속 만들어내는 것만큼 중요한 게 없다는 사실을. 스스로 기회를 만들 줄 아는 사람에게 결국 무한한 기회가 찾아온다는 사실을. 그

걸 믿는 순간부터 조급함이 덜해질 거란 사실까지도.

생각해보니 대학 3학년 때 선배들 말도 결국은 그거였구나 싶다. 첫 남자친구였던 그 오빠가 아니어도 다른 기회(?)가 산재해 있다는 사실. 그 진리를 알았더라면 첫사랑 오빠가 그렇게 질려하며 떠나갈 만큼 안달복달 매달리지는 않았을 텐데. 아, 면접 낙방은 과거 연애사에 대한 깨달음까지 주는구나.

유연하게

내 몸은 정말 뻣뻣하다. 나무토막이 울고 갈 정도다. 똑바로 선 자세에서 몸을 앞으로 굽혀 손을 바닥에 대어보려고 하면 허리와 무릎 뒤, 종아리에서 번개가 치는 듯하고 바닥은 남극만큼 멀어 보였다. 선 자세로 안 되면 앉아서라도 해보자고, 두 다리를 앞으로 펴고 앉아 낑낑대며 허리를 숙여보아도 마찬가지. 그 자세에선 다리 뒤 근육이 너무 당겨 애당초 허리를 바닥과 직각으로 세우고 앉는 것부터가 불가능했다. 다리를 곧게 쭉 뻗고 앉은 자세에서 상체를 앞으로 숙여 손가락으로 발가락 끝을 잡는 그 아름다운 포즈.

그게 내 인생 최대의 과업이 될 것임을 나는 일찌감치 알았다.

일 년 전, 나는 처음으로 요가를 시작했다. 유연성을 기르기 위해 시작한 것은 아니고 구부정한 자세를 교정하기 위해서였다. 유튜브를 보면서 하루 10분 정도로 시작했다. 처음에는 혼자 끙끙 대면서 반도 못 따라 했다. 그런데 몇 주 동안 요가를 해보니, 새벽에 찾아오는 두통이 좀 가실 때가 있었다. 두어 달을 혼자 하다가 본격적으로 좀 배워볼까 싶어 아예 핫요가 스튜디오에 등록했다. 퇴근 후 매일 한 시간 정도 수업을 들었다. 몸뿐만 아니라 마음도 쉴 수 있어 참 좋았다.

요가 선생님들은 몸이 '뻣뻣하다'는 말 대신 몸에 '공간이 없다No Space'라는 표현을 쓰셨다. '유연해진다'라는 말을 '몸에 공간을 만들어가는 것Making Space'이라고도 하셨다. '너 몸 참 뻣뻣하네'라고 하면 뭐랄까, 치명적 단점이 드러나는 것 같아 창피했을 것이다. 하지만 '조금씩 공간을 만들어가면 된다'라고 해주시니 의욕이 생겼다. '공간이 많다'라는 건 그 공간을 이용해서 더 다양한 자세를 취할 수 있다는 말, 혹은 같은 자세라도 한 뼘 더 멀리 팔다리를 뻗을 준비가 되었다는 말이기도 했다. 자주 보는 유튜브 요가 채널의 애드리언 언니는 "자세를 하다가 공간이 부족해서 중심을 잃고 넘어져도 괜찮아요. 그럼 그냥 한 번 깔깔깔 웃고 다시 호흡으로 돌아오면 되는 거지요"라고 말했다. 이건 뭐, 웬만한 자기계발서에 나오는 말이라고 해도 믿겠다.

만두 씨의 실리콘밸리 이직을 위한 면접 절차들이 4개월을 넘어가고 있었다. 가고 싶어 했던 회사 세 곳과의 면접이 동시에 진행되었다. 면접 과정이 예상보다 길어지면서 만두 씨는 많이 지쳐 있었다. 그중한 곳은 1차 면접에서부터 잘 되지를 않아서 일찌감치 선택지에서 제외되었고, 두 번째 회사는 최종 면접까지 치렀다. 조만간 결판이 날 거라고 생각했으나 예상 밖의 일이 벌어지기 시작했다. 최종 면접 탈락을 통보해놓고 다른 팀에서 만두 씨에게 관심이 있다는 이유로 추가 면접을 요청했다. 그렇게 또 한 번의 기회를 얻어 온종일 문제 풀이 면접을 보았다. 하지만 결국은 낙방. 기대했던 만큼 실망도 컸다.

　세 번째 회사 역시 최종 면접에서 떨어졌다. 그런데 다음날 인사부에서 '실력이 나쁘지 않으니 다시 한번 고려해달라'고 청원서를 넣었다는 연락이 왔다. 기적적으로 추가 면접이 진행됐다.

　추가 면접 결과 통보 전날. 만두 씨에게 전화가 왔다. 좀처럼 동요하지 않는 만두 씨도 그날만큼은 긴장한 모양이었다. 여태 그런 모습을 본 적이 별로 없는데 "공부도 안 되고, 책도 안 읽히고, 드라마도 재미없다"고 했다. 색칠 책이라도 좀 해보라고 권했더니 이미 해봤는데 소용이 별로 없더라며 힘없는 목소리로 대답했다. 잠시 침묵. 서로에게 무슨 말을 해야 할지 몰라서였을까, 우린 침묵을 깨고 그냥 깔깔 웃고 말았다.

　"우리 정말 긴장했네."

　인정할 수밖에 없었다. 긴장했다는 게 나쁜 건 아니니까. 뻣뻣하다고 해서 나쁜 몸이 아니듯.

　혹시나 결과가 좋지 않으면 여행을 가자고 했더니, 만두 씨가 아주 좋은 생각이라고 활짝 웃었다. 전화를 끊기 전에 만두 씨가 제일 좋아하는 한국어 동요를 불러주었다. 어깨를 들썩이며 춤까지 추면서. 만두 씨는 깔깔깔 웃으며 전화를 끊었다.

　다음날 새벽에는 나까지 일찍부터 눈이 떠졌다. 해도 뜨지 않은 새벽. 하루라는 시간은 마치 깜깜하고 긴 터널처럼 느껴졌다. 나는 요가 수업에서 배운대로 몇 가지 동작을 해보았다. 몸에 조그만 공간을 만들어 보려고 팔다리를 이리저리로 뻗어보았다.

　만약 합격이 아니라면 물론 속상하겠지만 어쩌겠나. 일부러라도 웃을 거리를 만들고 우스꽝스럽게 노래 부르며 견딜 것이다. 괜찮지 않아도 '괜찮다'고 큰 소리로 말해볼 것이다. 그러다보면 언젠가 우리의 몸과 마음에도 공간이라는 게 생기고, 좀 더 말랑하고 부드러워져서 더 어려운 것들도 감당할 수 있는 날이 올지 모르니까. 가망 없이 뻣뻣했던 내 몸에도 드디어 공간이란 게 생기기 시작했듯이. 이제 상체를 숙이면 손끝에 바닥이 간질간질하게 만져지듯이.

겨울에도
피는 꽃

캘리포니아에서는 겨울에도 꽃이 폈다. 유타의 겨울은 눈 때문에 어딜 봐도 늘 하얗기만 했기에 꽃 피는 겨울이 어색하기만 했다. 연구소 옆 나무에도 빨 간 꽃들이 흐드러지게 피었다. 동백꽃이었다. 나는 그 렇게 많은 동백나무에서 한꺼번에 꽃이 피는 모습을 난생처음 보았다. 아니나 다를까, 새크라멘토는 '동백 꽃의 도시Camellia City'라는 별명을 갖고 있었다.

만두 씨는 드디어 실리콘밸리의 원하던 회사 중 한 곳에서 합격 통보를 받았다. 총 4개월에 걸쳐 치러 진 마라톤 면접도 끝이 났다. 풀이 죽어 있던 만두 씨의 목소리에도 생기가 돌아왔다.

　떠들썩하게 성공을 축하하는 게 언제부턴가 우리에겐 낯선 일이 됐다. 그간 '다 된 밥'인 줄 알았는데 알고 보니 재투성이인, 눈 감고 억지로 먹으려 해도 도저히 먹을 수가 없는 밥을 받아본 경험들이 많이 있었기에. 예를 들면 합격이 결정되었다가 우리의 비자와 노동허가로는 일할 수 없어 합격이 취소되는 일 같은. 그런 쓸쓸한 경험을 되풀이하다 보니, 일이 200퍼센트 확실할 때까지 축하를 유보하는 습관이 생겼다. 하지만 그런 경험을 통해 어떤 싸움에서는 '이겼다'는 사실보다 '견뎠다'는 사실이 핵심이란 걸 배웠다. 만두 씨의 성취를 축하하기 위해 우리는 맛있는 저녁을 함께 만들어 먹었다.

　나 역시 캘리포니아에 있는 연구소에 자리가 났다 하면 부리나케 지원을 하고 면접을 보았다. 아마 그때쯤이었을 것이다. 샌프란시스코의 한 대학 소속 통계 분석가 자리에 최종 합격했다는 통보를 받았다. 비슷한 시기에 원래 일하고 있던 연구소 소장님도 계약 연장의 의사를 내비치시며 말씀하셨다.

"아직 구체적으로 연구소 자금 사항이 나오지 않았기에 문서로 작성해줄 수는 없지만, 계약 연장에 대해 걱정하지 않아도 된다. 우린 네가 있어서 좋단다."

다음 해에도 어디에선가 일할 수 있다는 사실이 결정되던 날. 집으로 돌아와 문득 집 안을 둘러보았다. 난리도 그런 난리 통이 없었다. 수건, 카페트, 이불 등등 제대로 개어놓은 게 아무것도 없었다. 팔을 걷어부치고 청소를 시작했다. 장을 봐다가 텅 빈 냉장고도 채웠다. 해결해야 할 일이 여전히 많이 남아 있었다. 일자리를 얻었다는 사실과 별개로 비자 문제로 변호사와 상담을 해야 했다. 문제가 되는 상황이 없도록 두 번 세 번 점검했다. 그 추운 계절의 한가운데에서 나름의 색깔로 피어난 작지만 분명한 승리를 확인하는 게 우리의 마음을 덥혀주었다.

다른 꽃들이 모두 흐드러지게 핀 계절. 왜 나만 웅크리고 있냐고 이제는 묻지 않겠다. 꽃에는 저마다의 계절이 있고, 가장 추운 계절에 피는 꽃도 그토록 진하고 붉고 아름다울 수 있다는 걸 알았으므로. 꽃이 피지 않는 계절에도 그저 햇볕과 습기를 안으로 뭉

치며 힘을 모으는 일이 우리의 할 일임을 배운 겨울.
시간이 흐르면 꽃 피워낼 계절은 다시 돌아올 것이다.
부지런히 준비하고 기다리며 모든 계절을 행복하게
살아가고 싶다.

chapter 4

꿈이
하나란 법은

없으니까

시골쥐의
지옥체험

이듬해 봄, 만두 씨와 나는 둘 다 무사히 이직했다. 나는 새크라멘토에서 다니던 연구소의 일을 정리하고, 샌프란시스코에 있는 의과대학 소속의 통계 분석직으로 자리를 옮겼다. 만두 씨도 아이다호에서 3년간의 생활을 정리하고 캘리포니아로 이사를 왔다. 약 2년 반의 장거리 연애가 끝나고 그 무렵 우리는 결혼했다. 캘리포니아에서 두 번째 맞는 봄. 시간 날 때마다 태평양과 시에라 네바다 산맥의 그 압도적인 아름다움을 볼 수 있을 거라는 사실에 행복했다. 구글, 페이스북, 애플과 같은 굵직한 회사들이 20분 거리에 있는 동네에 살면서 받는 자극들도 기대가 됐다.

하지만 일이 그렇게 술술 풀릴 리가. 우리의 낭만적인 예상과는 다르게 샌프란시스코에서의 생활은 전쟁처럼 시작되었다.

대망의 첫 출근 날. 아침에 교통 체증이 심하다는 이야기를 많이 들었던지라 일찍 서둘러 집을 나섰다. 새벽 여섯 시 반. 아직 깜깜한 시각인데 도로는 벌써 꽉 막혀 있었다. 여덟 시에 시작하는 오리엔테이션에 지각하지는 않을까, 가는 내내 초조했다.

늦지 않게 도착했지만 주차 공간을 찾아 한참이나 회사 주위를 빙빙 돌았다(아니 어떻게 단 한 자리가 없냐고, 단 한 자리가!). 결국 시간에 쫓겨 비싼 요금을 내고 공영 주차장에 주차했다. 일은 아직 시작도 안 했는데 진이 쭉 빠졌다. '샌프란시스코의 직장인'이라고 하면 트렌치코트 휘날리며 한 손엔 커피, 한 손엔 서류 가방 들고 도도하게 출근하는 이미지 아닌가. 아니었네, 아니었어.

오후가 되어도 상황은 답답하게만 흘러갔다. 출근길은 험난했을지언정 신입답게 의욕을 불태워서 내

일치 트레이닝까지 다 끝내보리라 마음먹었다. 자리에 앉아 컴퓨터를 켰는데, 아뿔싸. 새로 받은 회사의 이메일에 문제가 생겨 트레이닝을 시작도 할 수 없었다. 회사의 IT 담당자까지 출동하여 이리저리 시도를 해보았지만 결국 퇴근할 때까지 해결하지 못했다. 힘들었던 날이니만큼 퇴근길에라도 신바람이 날 줄 알았는데 웬걸. 내가 퇴근하는 시간은 다른 사람들도 퇴근하는 시간이라는 걸 왜 생각하지 못했단 말인가. 샌프란시스코 도심을 빠져나오는 데에만 영겁의 세월이 걸렸다. 난폭한 운전자들 때문에 가슴을 쓸어내리는 순간까지 두어 번 지나가자 기분이 바닥을 쳤다.

더구나 그때까지도 살 집을 구하지 못해서 만두 씨네 회사에서 임시로 마련해준 거처에서 더부살이하던 상황이었다. 집에 도착했을 즈음엔 녹초가 되어 있었다. 한 손에는 가방과 서류 파일, 다른 한 손에는 새로 받은 회사 노트북과 점심 때 먹다 만 샌드위치를 들고 차에서 내렸다. 싸구려 세제 냄새가 진동하는 3층 계단을 올라와 현관문 앞에서 손등으로 초인종을 눌렀다. 먼저 퇴근해 있던 만두 씨가 타닥타닥 달려오는 발소리가 들렸다. 한 주 전 토요일에 봐두었던 집 가운데 한 곳에서 연락이 온 모양이었다.

"조금 있다. 다시 전화할게요. 방금 아내가 집에 왔거든요."

서둘러 전화를 끊은 만두 씨가 냉큼 내 짐을 받아 주었다. 그날은 만두 씨에게도 첫 출근날이었고, 많은 말을 하지 않아도 우리는 서로의 마음을 알 수 있을 것 같았다.

"내일 출근 어떻게 하지?"

그 질문에는 대답도 못한 채 만두 씨와 마주 앉아 집 임대 지원서를 썼다. 이 복잡한 곳에서 우리는 결국 우리의 공간을 마련하고 사람들을 사귀면서 정착하게 될까. 적응을 하고 익숙해져서 다시 평안해지는 날이 올까. 쉽사리 잠들지 못한 채 첫 출근날 밤이 깊어갔다.

왜 저를
초대하셨나요

새 직장으로 출근한 지 사흘째. 출근 시간은 여전히 여섯 시 십 분이었다. 해도 안 떴는데 차 후미등이 빨갛게 늘어선 고속도로를 타고 샌프란시스코 도심으로 출근하다 보면 오만가지 생각이 들었다. 샌프란시스코로 온 것은 정말 잘한 결정이었을까.

정신없는 첫 사흘을 보내고 나자 다행히 사소한 것들은 어느 정도 제자리를 찾아가는 듯 보였다. 사원증이 드디어 정상 작동해서 건물과 사무실 출입이 자유로워졌다. 회사 이메일 계정도 새로 받고, 회사 노트북에 내가 쓸 분석 프로그램도 모두 설치되었다. 오리엔테이션이 끝나고 첫 미팅도 잡혔다. 주차는 프리시디오 국립공원(폐쇄된 미군 기지로 94년 이후 국립공원이 되었다)에 해두기로 했다. 회사 앞 주차장의 주차권은 한 달에 240불로 너무 비싸서 덥석 살 수가 없었다(유타에서 살던 방의 월세가 한 달에 300불이었는데, 샌프란시스코에서는 주차 공간이 240불이라니). 프리시디오 공원 안쪽에 종일 주차를 해두면 그보다는 저렴했다. 회사까지 이십 분 정도를 걸어와야 했지만, 오는 길이 무척 아름다워서 즐거운 마음으로 걷기로 했다.

아침 일찍 첫 미팅이 있던 수요일. 잰걸음으로 주차장을 나오는데 문득 웅장한 금문교가 시야에 들어왔다. 아무리 바쁜 출근길이라도 그 광경에는 잠시 멈추어 설 수밖에 없었다. 금문교를 바라보고 있으면 아주 희한한 느낌이 들었다. 바다와 하늘을 시원스럽게 가르고 있는 그 모양새는 몇 번을 보아도 매번 감탄할 만큼 아름다웠다. 하지만 한편으로는 눈앞의 그 광경이 좀 비현실적으로 느껴지는 구석도 있었다. 흡사 교과서에 나오는 사진을 아주 크게 확대해서 눈앞에 가져다놓은 것처럼. 직접 보고 있는데도 실감할 수 없는 느낌.

샌프란시스코에 산다는 게 꼭 그런 느낌이었다. 너무 멋지고 휘황한 도시이지만, 거기에서 오는 이질감도 분명했다. 이십오 년 전의 나는, 모래 장난을 하며 콩벌레를 자꾸 입에 집어넣으려고 해서 엄마가 식겁하며 말렸던 시골 동네 아가였는데…. 삶은 순간순간 아주 조금씩 각도를 틀어, 결국 이 먼 곳까지 나를 데리고 왔구나. 아주 다른 종류의 삶이 정신없이 시작되려 하는 시기. 생소함에 짓눌려 아름다움을 놓치는 일이 없기를 기도하곤 했다.

앤드루 포터의 소설《빛과 물질에 관한 이론》은, 물리학 시험을 보는 브라운 대학교의 강의실에서 시작한다. 담당 교수인 로버트는 기말고사로 방정식 하나만을 깔끔하게 타이핑해서 낸다. 교수들도 쉽게 풀 수 없는 아주 어려운 문제였다. 공부를 정말로 잘하는 학생들은 첫눈에 '아, 이건 풀라고 낸 문제가 아니라 골탕먹으라고 낸 문제구나'라는 걸 알아차린다. 그들은 '답안지도 제출하지 않고 뒷문으로 나갔다'라고 묘

사되어 있다. 다른 학생들은 교수님이 혹시나 마음을 바꿔서 "놀랐지? 장난이었고 지금부터 진짜 시험 문제를 지금 나눠주겠다"라고 하지는 않을까 기다리고 있었을지도 모른다. 하지만 끝내 그런 일은 일어나지 않는다.

학생들은 교수님에게 원망스러운 눈길을 보내며 하나둘 강의실을 빠져나갔다. 오직 주인공 헤더만이 끝까지 남아 뭐라도 쓰고 있다. 헤더가 답안지를 제출하자, 교수인 로버트는 그 답안지를 눈으로 스캔하다가 대뜸 '차를 한 잔 함께 하지 않겠느냐'고 초대를 한다. 헤더는 자신의 풀이가 방향이라도 맞았는지 알고 싶어 한다. 그때의 대화가 아주 인상 깊어 기억하고 있다.

"제가 방향을 올바로 잡긴 했나요?"

"솔직히 말하면 근처에도 못 갔어요. 나도 일 년이 걸려서야 완성했어요."

"그런데 뭣 때문에 우리한테 그런 문제를 내신 거예요?"

"자만심은 물리학자에게 가장 큰 방해 요인이지요. 뭔

가를 이해한다고 생각하는 순간, 모든 발견의 기회를 없애버리게 되니까요."

"제가 잘못 풀었으면 왜 저를 초대하셨어요?"

"시험을 끝낸 유일한 학생이니까. 헤더는 풀이를 제출한 유일한 학생이에요. 그게 시험이었어요. 헤더는 그걸 통과했고요."

삶이 불확실하고 생소하게 느껴질 때 가끔 이 대화가 떠오른다. 생소한 문제를 마주하는 때야말로 새로운 발견의 기회라는 사실을 상기할 때. 또 멋지게 문제를 풀어내지 못했더라도 계속해서 답안지를 제출해내는 것이 진짜 시험이란 것을 명심할 때. 절망이 가시고 희망이 찾아온다.

샌프란시스코로 온 것이 정답이었을까. 그런 의심과 질문을 더는 하지 않기로 했다. 열심히 고민했고 내 나름의 답안을 제출했으니 맞든 틀리든 배우는 것이 있을 거라는 사실을 믿어보겠다. 혹여나 하지 않았던 편이 좋았다고 나중에 후회하는 날이 오더라도, 조금이라도 나은 나를 찾기 위해 시도하고 애썼던 기억이 남을 것이다. 후회 같은 거야 살다 보면 할 수도 있지, 뭐. 그 후회가 지속될 날들보다 다시 도전할 내 삶이 훨씬 더 크니까 아마 괜찮을 것이다. 일단 계속 가 보겠다. 거기서 새로이 보이는 것이 있다면 거기서부터 다시 시작하겠다.

천재가
될 수 없다면
───────────

　내 나이 스물 중반을 넘을 때부터 엄마는 엄마가
원하는 '사윗감'에 대한 아주 구체적인 묘사를 내놓
기 시작하셨다. 특히 우리 형부는 직업과 성품, 인물까
지 처음부터 완전히 엄마 마음에 쏙 드는 사윗감이었
던지라 엄마의 꿈은 더욱 커졌다. 엄마의 주문은 아주
구체적이었다.
　"머리가 비상하고 스마트하게 생긴 경제학자 혹
은 컴퓨터공학자"
　공항에서 깔끔하게 슈트를 차려입고 반듯한 서류
케이스를 들고 출장을 가는 듯한 젊은 청년들을 볼 때

마다, 혹은 건너 아는 뉘 집 언니가 소위 '천재'라고 불리는 남자들과 결혼했다는 소식을 들을 때마다, 엄마의 그림은 점점 더 구체화되면서 내 마음속의 공포를 증폭시켰다.

　이상한 반항심이 생긴 나는, 절대로 경제학자나 컴퓨터공학자만은 만나지 않겠다고 골백번도 넘게 마음을 먹었다. 그리고 스마트하게 생긴 게 어떤 건지는 모르겠지만, 아무튼 그 비스름하게 생긴 사람도 안 만나겠다고 다짐했다. 그런데 문제는 '머리가 아주 비상하고'라는 대목이었다. 그게 세뇌(?)의 힘이었는지 내가 갖지 못한 거라 그랬는지 모르지만, 머리 좋고 똑똑한 사람에게 내가 쉽게 반한다는 사실을 깨달은 것이다. 대학에 입학해서도, 수업에서 아주 좋은 질문을 하는 사람 혹은 영어를 굉장히 잘하는 사람, 상식이 풍부한 사람을 보면 일단 마음이 훅 쏠리고 말았다.

　만두 씨를 처음 소개해준 언니는 그를 두고 '올해 최고의 강의자'에게 주는 상도 받고 논문도 잘 쓰는, '컴퓨터학과의 브레인'이라고 했었다. 그렇게 똑똑한 애라는 정보가 만두 씨의 얼굴과 매치되자, 불현듯 도서관 카페에서 달달한 요거트 파르페를 먹고 있던, 스마트라는 이미지에는 근처에도 안 간 만두 씨를 보고도 "하! 얘는 아주 비상하고 스마트하게 생겼구나!!"라는 생각이 들었다. 혹 '선입견으로 인한 인식의 왜곡' 같은 연구를 하시는 분이 있다면 사례로 써달라고 하고 싶다.

만두 씨는 똑똑했지만, 시간이 갈수록 '천재'는 아니라는 사실이 분명해졌다. 졸업 논문 쓰기를 힘들어했고 아침잠이 많았고 지도 교수님과 어려운 관계를 겪어내고 있었다. 근데도 나는, 내 남자친구는 똑똑해야만 한다는 욕심을 내려놓지 못해서 자꾸 만두 씨가 천재처럼 행동해주기를 바랐다.

만두 씨가 졸업과 동시에 크고 유명한 회사에서 몇 개씩 러브콜을 받았으면 했고, 어떤 분들의 남편과 남자친구처럼 유명한 저널에 논문을 실었으면 했고, 프로그래밍 대회에서 아주 좋은 성적을 거두기를 기대했다. 그렇게 나는 엄두도 못 내는 일들을 만두 씨가 해내기를 열망하기에 바빴다. 그러느라 밤새워 노력하는 만두 씨, 주말에도 공부하는 만두 씨, 때로는 힘들어하는 만두 씨의 고단함을 충분히 이해해주지 못했다. 일어나라고, 넌 더 잘할 수 있다고, 위로를 빙자한 질책을 앞세울 때도 많았다. 나 자신도 못하는 걸 강요했던 게 미안하다.

한 번은, 만두 씨가 온라인 프로그래밍 대회에 출전했다가 문제 하나를 풀지 못해서 거의 일주일을 끙끙댄 적이 있었다. 주말 내내 그 문제를 풀고 있었던 모양인데 저녁에 전화하다가 "내가 문제를 약간 잘못 이해했었는데 이제야 제대로 이해했어!"라고 하기에 어서 가서 맞게 고쳐서 프로그램이 돌아가는지 보라고 했다. 그런데 그다음 날이 되도록 만두 씨의 코드는 오답을 내고 있다고 했다. 통화하다 말고 갑자기 또 "아! 뭘 잘못한 줄 알았다!"라고 하기에 가서 돌려보라고 했는데 여전히 오답…. 내 머릿속 '천재'의 이미지는 그런 문제를 보면 한눈에 척! 척! 풀어내는 사람인데! 만두 씨는 눈에 핏발이 서고 어깨가 뭉치도록 정답을 찾아내지 못하고 있었다. 그다음 날 저녁에도 통화하다가 또 "코딩에서 놓친 부분을 발견했어!"라고 하는 만두 씨. 나는 뭐 이런 양치기 소년이 있나 싶어서 "어제도 그랬잖아"라고 볼멘소리를 하고 말았다. 그랬더니 만두 씨는 "음…. 그랬지. 그래도 이번엔 정말 맞는 해결법이야"라고 했다. 반신반의했지만 어서 가서 고쳐보라고 전화를 끊었다. 밤 열한 시, 드디어 만두 씨에게 "풀었어!"라는 문자가 도착했다. 만두 씨는 일주일 넘게 문제 하나와 싸운 끝에 지난 3년 동안 한 번도 진출하지 못했던 프로그래밍 대회의 다음 라운드로 진출했다.

만두 씨는 느리지만 자신만의 속도로 작은 성취들을 하나씩 쌓아왔다. 졸업하고도 누구보다 열심히 공부하고 늘 숨 쉬듯 가볍게 도전한다. 특히 주말을 송두리째 투자하고, 평일 밤늦게까지 매달려야 하는데도 프로그래밍 대회는 기회만 있으면 나간다. 물론 2차전에서 탈락하기도 하고, 며칠씩 문제를 못 풀어 끙끙대는 경우도 많다.

졸업하던 해에 만두 씨는 가고 싶어 했던 실리콘밸리의 회사 입사시험에서 미역국을 먹었다. 결국 아이다호의 시골 동네에 있는 회사로 가게 되었고, 퇴근 후에도 무언가를 계속 열심히 공부했다. 언젠가는 기회가 다시 돌아올 거라고 말하면서. 비록 천재는 아닐지 모르지만 만두 씨는 탈락과 실패를 받아들이고 다시 일어서는 것을 '천재적'으로 잘한다. 나처럼 혹시라도 못할까 봐, 거절당할까 봐, 도전하기 전부터 벌벌 떨며 에너지를 낭비하지 않는다. 느리지만 조금씩 해나가는 만두 씨를 보면 결국에는 그가 이뤄낼 것들을 기대하게 된다. 천재가 아니면 어때? 느리지만 꾸준한 그 달리기를 진심으로 응원한다.

만두 씨와 국제 연애를 통해 결혼하기까지, 부모님의 반대와 비자 문제 등 우여곡절이 많았다(그걸 글로 옮겨뒀으면 톨스토이의 《전쟁과 평화》에 버금가는 명작이 나왔을 텐데. 논문 쓰고 취업하느라 너무 바빠서 그만…). 어쨌든 결과는 해피엔딩이었다. 만두 씨를 처음 만나던 날 엄마의 첫 마디가 생생하다.

"고놈 참 스마트하게 잘생겼네."

아아. 이로써 둘째 사위에 대한 엄마의 꿈은 완전히 실현된 것이라 할 수 있겠다. 행복한 결말이긴 한데 왜 갑자기 소름이 돋고 이러니.

불완전하게
완전한

주말 내내 준비했던 세미나 발표가 끝이 났다. 의뢰받은 주제였던 의료비 데이터 처리와 분석은 내가 가장 무서워하는 분야였다. 발표를 의뢰하신 박사님께 넌지시 "제가 가장 잘 아는 주제는 아니지만(그래서 가능하다면 너무 피하고 싶은데 박사님께서 부탁을 하시니까 정말 어쩔 수 없이) 열심히 준비해보겠습니다"라고 했더랬다. 박사님께서는 "이 세미나 시리즈는 전문가들을 상대로 하는 게 아니야. 배우고 있는 학생들을 위한 것이니까 너무 부담 느끼지 않아도 된다"라고 하셨다. 그래도 아무것도 모르는 상태에서 발표를 할 수는 없어

주말 내내 발표 자료를 준비했다.

분명 '함께 배워가는 세미나'라고 하셨으나 정작 들어가 보니 학생들뿐만 아니라 평생 보건 경제학과 통계학을 공부해온 선배들도 앉아계셨다. 나를 평가하러 들어오신 줄 알고 긴장했는데, 오히려 도와주러 오셨단 걸 발표를 하면서 알게 됐다. 중간중간 선배들은 능숙하고 친절하게 본인들의 의견과 통찰을 덧붙여주셨다. 학생들은 자신이 확실히 이해하지 못한 부분에 대해서 다시 설명해달라는 요청을 하기도 했다. 내가 일단 설명을 하고 나면 선배들은 실제 연구 사례들과 참고할 수 있는 논문들을 소개해주셨다. 세미나를 들으러 온 학생들도, 발표자인 나도, 함께 새로운 것들을 배우다 보니 한 시간이 훅 지나갔다.

완벽과는 거리가 먼 발표였는데도 선배들은 "완벽한 발표였어"라고 격려해주셨다. 짧은 쪽지와 함께 초콜릿을 내 책상에 놓고 간 선배도 있었다. '뭐지? 생각보다 발표가 나쁘지 않았나?'라는 착각이 잠시 들었다가 이내 사라졌다. 다시 생각해봐도 부족했던 발표라는 사실이 너무 명백했다. 준비해간 발표 자료에 틀린 부분이 있어서 토론이 오가기도 했고, 그러다 나온 의견을 그 발표 현장에서 자료에 덧붙여 수정하는 일까지 있었기 때문이다. 그런데도 '완벽한' 발표였다니. 다들 그냥 친절하게 대해주시는 걸까 의심하고 있던 차에 어떤 선배의 이메일이 도착했다. 선배는 '아주 좋은 배움의 현장'이었다고 했다.

나름 열심히 공부했는데도 완벽하게 이해할 수 없는 것들이 있다. 그럼에도 불구하고 그 자리에 서야 했을 때는, 아는 척하고 싶은 유혹도 자존심도 다 내려놓을 수밖에 없다. 그저 배울 게 많다는 걸 인정할 수밖에 없음을, 어쩌면 선배들도 나와 비슷한 시기에 경험해보았던 게 아닐까.

똑똑해 보이고 싶어서, 또 자존심을 내려놓기 싫어서, 내가 그렇게 그 발표를 피하고 싶었다는 것도 그때 알았다. 지금까지 내가 자신 있는 분야에 대해서 유려하게 설명해내는 발표만이 빛나는 성취라고 생각했다. 그런데 뜻밖에도 내 불완전함을 인정함으로써 완벽해지는 순간들도 있다는 사실을 처음으로 배웠다.

좋은 분석가이자 연구원이 되고 싶다는 열망은 언제나 진행형이다. 매일 열심히 일을 하고 새로운 것을 배운다. 하지만 모든 것을 다 완전히 아는 것도 아니고, 모든 일을 다 능수능란하게 처리해내는 것도 아니다. 모르는 게 있으면 이리저리 물어보고, 혼자 끙끙대며 다시 공부해본다. 그게 잘 안 되면 또 선배들을 귀찮게 하면서 물어보고, 다시 시도해본다.

완벽하고 신속하게 할 수 있는 일보다는 더디게 진행되는 업무들이 많다. 그렇다고 해서 "이렇게 열심히 하는데도 왜 안 늘지? 나는 소질이 없나 봐. 그만해야 할까 봐" 같은 말을 이제는 하지 않는다. 능숙하지 않다는 게 부끄럽긴 하지만 그만하고 싶다는 건 진심이 아니니까. 잘하고 싶고 욕심도 난다. 나도 내 선배들처럼 후배가 배워가는 과정을 기꺼이 도와주고 축하해주는 누군가의 멘토가 되고 싶다는 꿈도 꿔본다.

완벽하지 않기 때문에 배움의 기회는 늘 완벽하게 온다. 생각해보니 지난주에 비해 나는 의료비 분석에 대해 훨씬 많이 알고 있잖아? 완벽하지 않다는 사실을 부끄러워하느라 배움의 기회를 내 발로 차버린 적은 지금껏 대체 얼마나 많았을까. 이번에는 그러지 않았다는 사실 때문이었을까. 완벽한 발표는 아니었어도 유난히 기분 좋은 퇴근길이었다.

돌, 자갈, 모래

어느 금요일. 미팅 시간보다 약간 일찍 S교수님 방에 갔다. 난데없이 방 안에서 기타 치며 노래하는 소리가 들려왔다.

"아니 이게 무슨…."

놀라서 방 번호를 다시 확인했다. 분명 교수님의 방이 맞았다. 잠깐이긴 했지만 나 역시 중학생 때 밴드에서 드럼을 쳤던 영혼인지라(성적이 수직 낙하하는 바람에 결국 드럼 금지령이 떨어졌다. 그 후로 영영 밴드로 돌아가진 못했지만), 귀가 솔깃했다. 미팅이 끝나고 슬쩍 여쭤봤더니 오후에 팟캐스트 녹음이 있다고 하셨다. 교수님 두 분이 일주일에 한 번 팟캐스트를 녹음하셔서 발행하신다는 걸 그날 처음으로 알았다. 퇴근하는 길에 다운로드받아 들어보니 〈노인 학대와 응급의학의 역할〉, 〈좋은 죽음이란 과연 없는가?〉, 〈자발적으로 음주를 멈추는 방법〉 등 본인들의 전문 분야와 관련된 이야기를 일반인들도 쉽게 접할 수 있도록 만든 팟캐스트다. 오프닝은 매주 S교수님의 기타 반주에 맞춰 가볍게 노래를 하는 걸로 시작되었다. 그러니까 아까 교수님은 녹음을 앞두고 잠시 기타 연습을 하고 계셨던 것이다.

S교수님을 관찰하는 것은 재미있다. 랩 미팅 때 교수님의 생각의 촉이 얼마나 날카롭게 벼려져 있는지도 보았고, 토론을 이끌고 정리하시는 것을 보면서 감동하기도 했다. 한편으로 교수님은 열정적인 사이클리스트이자, 워리어스(이 지역의 NBA 농구팀)의 열렬한 팬이기도 하다. 거기다 팟캐스트까지 하면서 어떻게 열 명이 넘는 멘티들을 지도하는 게 가능하고, 저명한 학술지에도 논문을 척척 게재하시는 거지? 그 비결이 뭔지 밀착 취재라도 해보고 싶은 심정이었다.

얼마 전《아내를 모자로 착각한 남자》외 다수의 책을 남긴 작가이자 세계적인 신경의학자였던 고 올리버 색스의 자서전《온 더 무브》를 읽었다. 그때도 비슷한 생각을 했다. 올리버 색스는 지금의 나와 비슷한 나이에, 나처럼 영주권이 없는 외국인 신분으로 미국에 와서 샌프란시스코에 잠깐 산 적이 있었다. 색스는 지금 내가 일하고 있는 학교 캠퍼스에서 인턴 생활을 하고 학회에 다녔다. 그가 자신의 우상이었던 올더스 헉슬리와 아서 쾨슬러를 만난 것도 바로 이 캠퍼스였다. 자신의 우상들이 보여준 경이로운 정신력, 재치와 인간애에 젊은 색스는 깊이 감동하였고, 그 감동을 죽음을 앞둔 50년 후에도 기억하고 있었다. 한편, 그 바쁜 생활을 하면서도 색스는 시간이 나면 밖으로 나갔다. 1번 국도를 따라 1,000킬로미터씩 바이크를 탔다. 북캘리포니아의 삼나무 숲을 지나고 요세미티와 데스밸리를 돌아다녔다(원서《온 더 무브》의 표지는 올리버 색스가 청바지에 가죽 잠바를 입고 아주 잘 빠진 바이크에 기대어 있는 사진이다. 웬만한 청춘 영화의 주연 배우 뺨치는 포스다). 똑같이 24시간을, 같은 공간에서 사는데 어떻게 나랑 이

렇게 다르게 살 수가 있냐고. 나는 매일 헉헉대느라
바쁜데.

예전에 온라인에서 봤던 어느 노교수님의 강의
('Rocks, Pebbles, and Sand')가 생각난다. 교수님은 강의실
에 큼직한 돌멩이가 꽉 차 있는 유리 항아리를 들고
들어와서 물어보셨다.

"이 항아리가 가득 찼나요?"

학생들은 "네!"라고 대답했다. 그때 교수님은 작
은 자갈들을 가져오셔서 가득 찬 줄로만 알았던 그
항아리에 넣으셨다. 자갈들이 큼직한 돌멩이 사이를
메우면서 들어갔다. 교수님은 다시 물어보셨다.

"이제 이 항아리가 가득 찼나요?"

학생들은 다시 "네!"라고 대답했다. 교수님은 마
지막으로 모래를 가지고 오셔서 더 이상 공간이 없는
것 같았던 항아리에 넣으셨다. 돌멩이와 자갈 사이사
이를 모래가 꽉 메웠다. "항아리가 가득 찼나요?"라고
교수님이 물으셨을 때 학생들은 또다시 "네"라고 대답
할 수밖에 없었다.

그 교수님은 "이런 방식으로 여러분의 삶을 채우

기 바랍니다"라고 말씀하셨다. "일단 당신에게 중요한 것(=돌멩이)을 최우선시해서 먼저 당신의 삶(=항아리)을 채우세요. 그리고 좀 덜 중요한 것들(=자갈)로 삶의 남은 공간들을 메우세요. 가장 작고 하찮은 것들(=모래)은 맨 나중에 넣어도 결국 다 들어가게 되지요. 처음부터 작고 하찮은 것들(=모래)로 삶을 채우면 가장 중요한 것들을 채울 수 있는 공간이 남질 않아요"라고.

S교수님이나 올리버 색스를 보면 돌멩이와 자갈, 모래로 꽉 채워진 항아리가 떠오른다. 우선 순위가 확실해서 충만하고도 여유 있는 삶. 연구와 배움을 삶의 우선 순위로 분명히 하고 나면, 그 사이사이에 기타를 치거나 농구를 보거나 바이크를 타는 일을 끼워 넣을 공간도 생기는 것이다. 순서를 정해놓고 차례차례 채워가면 삶은 생각보다 참 크구나.

나름 열심히는 해보고 싶은데 눈앞에 보이는 삶의 빈 곳이 불안해서일까? '일단 채우고 보자'는 심정으로 무작정 이것저것 욱여넣곤 한다. 그러다 나중에 정말 중요한 것을 발견했을 때는 삶에 그걸 넣을 만한 여유 공간이 없다. 이미 빼도 박도 못하니 "아, 뭐 이 정도면 됐지"라고 합리화하며 포기하고 만다. 뭘 바쁘게 많이 한 것처럼 심신은 피곤한데 여전히 삶은 묵직한 알맹이 없이 여기저기가 텅 빈 것처럼 느껴진다.

각자에게 주어진 삶이라는 항아리. 누군들 구석구석 숨은 공간까지 알아차려 야무지게 잘 채워가고 싶지 않으랴. 치열하게 전문성을 길러가면서도, 한편으론 세상의 구석구석을 볼 수 있는 부지런한 시야를 가진 사람. 나도 그런 사람이 되어 멋진 삶을 살고 싶은데…. 이미 늦은 건 아닐까. 할아버지가 된 색스는 젊은 시절 샌프란시스코에서의 생활을 '더없이 행복했던 시간'이라고 묘사하고 있었다. 지금으로부터 시간이 많이 지나, 내가 《온 더 무브》를 썼던 때의 색스 박사만큼 나이를 먹게 되면 과연 지금 이 시간을 어떻게 기억하게 될까. 더없이 충만하고 행복한 시간이었다고 기억할 수 있도록 헉헉대지 말고, 차근차근 순서대로 해나가보겠다. 꿈꾸는 모든 것을 담아낼 수 있을 만큼 삶은 충분히 크니까.

기분 좋은
숙제

퇴근하고 집에 오니 문 앞에 꽃 배달이 와 있었
다. 새크라멘토에서 연구소를 다닐 때 맡아 했던 프로
젝트의 총 책임자셨던 A노교수님이 보내신 꽃이었다.
그간 함께 일할 수 있어서 좋았다고, 샌프란시스코에
서의 새 시작을 진심으로 축하한다는 내용의 카드가
꽂혀 있었다. A교수님은 지금 다니는 샌프란시스코의
회사가 최종 단계에서 추천인 확인을 할 때 내 추천인
이 되어주신 분이기도 했다. 그때 일하던 연구소의 재
계약 발표 시기와 맞물려서 아주 조심스레 부탁을 드
렸던 기억이 난다. 아주 흔쾌히 "당연히 내가 할 수 있는 가장 강력한 추천을 해주겠다"라고 하셨다. 내가 더 감사해야 할 분인데 되려 교수님이 꽃을 보내셨다.

교수님과의 인연은 컨설팅을 통해 시작되었다. 컨설팅은 처음 해보는 업무라 할 때마다 땀범벅이가 되어 나왔다. 새 업무가 들어와서 선배들에게 "A교수님 컨설팅을 하러 간다"고 했더니, 엄청난 연구 업적을 쌓아온 분이라고 했다. 학교 내 인물 조회를 해봤다. 아니나 다를까 교수님의 연구 실적만 550건이 나왔다(그런데 저한테 이분 컨설팅을 해드리라고요? 왜, 왜요?). 여러모로 내가 부족한 부분이 많았을 텐데도 교수님은 늘 믿어주고 격려해주셨다.

교수님은 심장학에 평생을 바쳐온 분이었다. 진료, 수업, 멘토링, 연구까지(아니, 이것은 말로만 듣던 연예인 스케줄?). 연세가 무색하도록 열정적이었고, 커리어를 막 시작한 사람처럼 부지런하셨다. 첫 미팅 시간을 잡는데 '너만 괜찮으면 나는 새벽 여섯 시부터 미팅 가능'이라는 이메일이 왔다(당황해서 "이거 진짜 여섯 시에 오란 거지요?"라고 주위 선배들에게 물어봤다. 선배들도 "서… 설마…"라며 적잖이 당황스러워했다). 주말에도 질문 공세가 이어졌다. 조금이라도 명확하지 않은 부분에 대해서는 바로바로 연락이 왔다. 그때마다 "이런 것도 모르는 내 무식 때문에 너를 괴롭혀서 미안하구나. 하지만 내가 통계를 잘 모르니까 좀 더 자세히 설명해줄 수 있겠니?"라고 물어보셨다. 덕분에 주말 아침 러닝머신 위에서 교수님의 이메일을 받고 자빠질 뻔한 적도 두어 번 있었다.

그렇게 바쁜 교수님이 나 같은 햇병아리 분석가의 이직에까지 마음을 써주신 것이다. 함께 일할 수 있었던 건 오히려 내게 큰 행운이었는데도 먼저 "고맙다"고 말해주는 여유와 따뜻함이 가슴 깊이 와닿았다. 언젠가 엄마가 하신 말씀이 떠올랐다.

"커리어에서 어느 정도 위치 이상으로 가면, 인격도 실력이 되는 날이 온단다. 그러니 남을 짓밟아가면서까지 무언가를 이루려고 하지 말아라."

예전에 박사 과정 마지막 수업의 기말고사를 보고 오는 길에 과 선배였던 앤과 마주쳤을 때였다. 앤이 "와! 축하해!"라고 떠들썩하게 축하해주기에 "종합시험이랑 졸업 논문이 남았는데 뭘"이라고 대답했다. 그때 앤이 씨익 웃으면서 그랬다. "모두가 지치고 힘드니까. 아주 조그만 성취라도 꼭 축하하고 넘어가는 거야!"라고. 그로부터 2년이 지나 내가 졸업을 하던 때. 많이 힘들어하던 후배 박사 과정생을 꼭 안아주며 똑같은 말을 하고 있는 스스로를 발견했다.

사람이 뿜어낸 따뜻한 기운은 쉬이 사라지지 않고 계속 돌고 도는 것일까. 그렇지 않다면, 이 모든 좋은 것은 어디에서 왔을까. 교수님께 받은 따뜻함을 세상에 그대로 돌려주는 것도 통계 분석을 하고 논문을 쓰는 것처럼 내가 맡은 일의 하나겠구나 싶었다. 아주 기분 좋은 숙제를 받은 느낌이었다.

나이를 먹는다는
기적

엄마가 꽃 사진을 보내주시는 건 드문 일이 아니다. 결혼 후엔 수신인이 내가 아닌 만두 씨라는 게 달라졌지만.

5월 초 어느 날. 엄마는 "만두야! 작년에 네가 선물해준 씨앗을 이맘때 심었더니, 올해는 아름답게 꽃이 피었네"라는 메시지를 보내오셨다. 국제연애를 모질게 반대했던 부모님이 만두 씨를 처음 만난 건 꼭일 년 전. 정원 손질이 취미인 엄마에게 만두 씨와 함께 꽃씨를 선물했다. 엄마는 그렇게 반대하던 청년이선물한 마른 꽃씨를 버리지 않으시고, 15년을 넘게 가꿔온 앞마당에 심고 가꾸셨다. 우리가 깜빡 잊고 있는 동안에도 씨앗들은 무더웠던 여름을 나고, 그 추웠다던 겨울도 땅속에서 잘 견뎠나 보다. 그리고 봄이 오자 마침내 꽃망울을 맺은 모양이었다.

회사에서 데이터 병합 작업을 했던 날이었다. 설문 조사로 생기는 데이터의 경우, 매년 새로운 설문이 시행되면서 데이터를 업데이트한다. 설문 조사에도 종류가 다양한데, 같은 사람들을 매년 반복해서 조사하는 종적 설문들은 특히 재미있다. 어떤 질문이냐에 따라 데이터 처리 방법이 조금씩 다르기 때문이다. 먼저 모든 사람에게 설문 조사의 첫해에만 물어보고 다시는 물어보지 않는 질문들이 있다. 인종이나 출생지 같은 것들. 한 번만 물어보면 바뀌지 않으니까 두 번 물어볼 필요가 없다. 반면 데이터 대부분은 매년 다시 물어봐야 하는 항목들로 구성된다. 예를 들면 결혼 여부, 건강 상태, 수입과 같은 것은 시시각각 바뀌니까 매년 조사를 해서 새로운 데이터로 발표한다.

그런데 딱 하나. 매년 바뀌지만 한 번만 물어보고 다시는 안 물어보는 특별한 질문이 있다. 바로 '나이'다. 해마다 변하지만 모든 사람의 나이가 똑같은 속도로 변하기 때문에 다시 물어볼 필요가 없는 것이다. 다만, 같은 시간을 살아도 사람마다 각자 다른 모습으로 살게 되니까 왜 그 차이가 생기는지 이해하는 것이 연구 주제가 되기도 한다.

누구나 나이를 먹고 따로 노력을 하지 않아도 먹는 게 나이이기에 매년 돌아오는 생일, 뭐 그리 큰 의미가 있나 싶어서 요 몇 년 생일을 안 챙겼다. 하지만 한 해를 살아내고 올해는 더 밝고 아름다운 색깔의 꽃을 피워냈다는 씨앗들의 이야기를 듣고 나니, 문득 시간을 살아낸다는 건 격려받고 축하받아야 한다는 생각이 들었다. 아프거나 죽지 않고 한 해를 살아냈다는 것. 땅속에 그저 웅크리고 있어야 했던 계절도, 바깥의 온도 변화에 촉각을 곤두세우며 예민해졌던 밤들도 견디고 오늘을 맞았다는 것. 어쨌든 살아서 내 안의 에너지를 바깥으로 내보내고 있다는 것. 살아간다는 것은 여전히 신비롭고도 아름다운 일이니까.

숫자로 따지면, 김연수 작가가 동인 문학상을 타고 웨스 앤더슨 감독이 《로얄 테넌바움》으로 아카데미 상을 수상했던 나이가 되었다. 화려한 꽃을 피워올린 사람들과 나를 수평 비교하고 자괴감에 빠지곤 했던 20대. "모든 꽃은 다 다르게 아름답다!"라고 억지로 자기 위로를 했던 그 시간도 지나갔다. "그래. 내 꽃은 할미꽃 같다 어쩔래?"라고, 없는 배짱 부려보던 30대의 첫 몇 해도 갈무리가 되는 것 같다. 내게 주어진 삶에 그저 매일 충실하겠다는 마음, 매일을 살아간다는 것이 축복이라는 믿음은, 서른셋이 되는 아침에 눈 뜨자마자 받은 큰 선물 같다.

지난 생일에는 첫 직장과 첫 회사 배지를 선물로 받았다고 일기에 썼던 기억이 난다. 내년 이맘때에 나는 또 어떤 꽃을 피워내고 있을까. 해를 거듭하면서 더 아름답고 독특한 꽃을 피워낼 수도 있을까. 새로운 음악을 듣고 모르던 작가의 작품을 읽고 뜨겁게 세상을 사랑하고 여행하는 한 해가 되기를. 햅피 버쓰 데이 투미.

내가 가는 길,
남이 가는 길

졸업 후 연구소에 취직해서 매일 출근하면서도 아직 가끔 방송 프로듀서가 되고 싶었던 꿈에 대해서 생각한다. 특히 유튜브에서 영상으로 좋은 스토리텔링을 하는 케이시 나이스텟이나 피터 맥키넌과 같은 사람들을 보면, 스물 초반 열심히 꾸었던 그 꿈이 되살아 돌아오는 것만 같다. 유학을 오기 전 함께 예비언론인 과정을 공부했던 언니 오빠 동생 중에는 묵묵히 자신의 길을 걸어, 프로덕션 대표가 된 사람도 있고 공중파나 종편의 프로듀서가 된 사람도 있다. 어쩌다 나는 언론고시를 포기하고 유학을 선택해서 그 길을 따라 걸어

온 지 9년째. 정신을 차려보니 샌프란시스코에서 데이터 분석을 해서 밥값과 집값을 벌며 도미니카 공화국에서 온 남자와 살아가는 삶이 펼쳐져 있었다.

물론 유학 온 것을 후회했던 순간도 많았다. 그건 대체로 프로듀서의 꿈을 이루지 못한 것을 아쉬워하는 순간들과 겹쳐지곤 했다. 그럴 때마다 망친 그림을 스케치북에서 찢어내고, 다시 새 종이를 받듯 완전히 새로운 백지 같은 삶이 내게 한 번 더 주어졌으면 좋겠다고 바랐다. 그러면 처음부터 프로듀서의 길만 걸어서, 지금쯤 훌륭한 프로듀서가 된 그분들과 어깨를 견주고 있지는 않을까. 그 삶은 지금의 내 삶보다 훨씬 다이내믹하고 멋지지 않을까 뭐 그런 부질없는 생각을 하는 것이다.

그러면서도 내게 주어진 것을 낭비하지 않는 삶을 살겠다고, 매일 새벽에 일어나서 출근 전에 이것저것 공부하고 시도해보는 스스로가 가끔은 좀 딱하지 아니한가. 이미 '최고의 작품'이 되기에는 글러 버린 듯한 이 삶을 붙들고 그렇게 스스로를 어르고 달래는 건 너무 모양 빠지는 게 아닌가. 그럼에도 새벽 네 시

반만 되면 눈이 번쩍 떠졌던 이유는 무엇이었을까(물론 삶은 스케치북이 아니라 새 종이를 받을 수 없다는 이유가 가장 크겠지만). 여전히 "에이, 이번에도 망했어"라며 휘리릭 다른 길로 떠나지 않는 삶. "내 이 그림을 반드시 살려내고 말리라" 끝까지 붙들어보는 삶. 그것도 나름 의미가 있다고 믿었기 때문일 것이다.

　프로듀서가 된 친구들에 대한 열등감이 유학을 떠나온 후에도 계속 남아 있었다. 그런데 어느 날 문득 "이제는 프로듀서가 된 친구들뿐 아니라 대통령도 부럽지 않다"라는 생각이 들었다. 그 많던 열등감은 다 어디로 갔을까. 곰곰이 되짚어보니, 언젠가부터 나의 새로운 꿈을 진심으로 아끼게 되었기 때문이었다. 그건 박사 학위의 유무나 자랑할 만한 직장에 취직했는지의 여부와는 또 별개의 문제 같다. 지금의 내 일을 사랑한다는 사실. 매일 그 일을 위해 노력할 24시간이 있다는 사실. 그 노력을 통해 이 일을 더 사랑하게 되리라는 기대감이 내겐 큰 행복이다. 이제 프로듀서가 되지 못한 내 삶도 괜찮다고, 지금의 내 삶도 의미가 있는 거라고 억지로 합리화하지 않아도 괜찮다.

진심으로 괜찮아졌으니까.

　　물론 매일 일을 하다 보면 미친 듯이 행복한 순간보다는 짜증 나고 때려치우고 싶은 순간이 자주 오는 것도 사실이다. 하지만 무언가를 사랑한다는 건 짜증과 싫증의 반대말이라기보다는, 오히려 상위개념이라는 걸 이제는 조금 알 것 같다. 사랑이라는 커다란 단어 안에 어찌 설렘과 흥분같이 좋은 것만 들어 있겠는가. 짜증과 싫증 같은 것들도 뒤섞이면서 비로소 사랑이라는 색과 깊이가 더해지는 게 아니겠는가.

여전히 큰
꿈 하나

샌프란시스코로 이사를 온 지 한 달 정도가 지났을까. 만두 씨가 회사에 점심을 먹으러 한번 오라고 하기에 갔더랬다. 만두 씨네 회사 캠퍼스가 좋다는 이야기를 많이 들어서(일단 회사를 '캠퍼스'라고 부른다는 사실부터 신선했다) 한번 가보고 싶었던 터였다. 약속 시간이 되어 회사로 갔더니, 주차부터 트램 타는 것, 리셉션까지 무척 쉬웠다. 로비로 마중 나온 만두 씨와 함께 회사 내부로 들어갔다. 조금 과장해서 앨리스가 토끼굴을 통과하여 원더랜드를 처음 봤을 때 이런 느낌이 아니었을까 싶었다.

회사 내부는 디즈니랜드 같기도 했고, 그 자체가 하나의 마을 같기도 했다(실제로 디즈니랜드와 스탠퍼드 대학이 있는 팔로알토 시내를 모티브로 해서 지은 거라고 한다). 모든 사원과 방문자에게 무료로 그 많은 음식을 제공하고, 냉장고가 곳곳에 있어 언제든 맘대로 음료와 물을 꺼내 먹을 수 있었다. 은행, 우체국, 이발소, 헬스장, 샤워 시설, 세탁소, 자전거숍, 오락실, 체스와 바둑 두는 공간, 스낵바 등등 없는 게 없었다. 회의실, 토론 공간의 모든 벽에는 아이디어나 프로그래밍 코드를 자유롭게 쓸 수 있게 되어 있었다. "이런 곳에서 일하면 버릇 나빠지겠다"라고 만두 씨를 놀렸지만 사실 너무 질투가 나서 죽을 지경이었다.

눈에 보이는 건 그 정도지만 눈에 보이지 않는 복지(건강보험, 법률 상담, 이민 문제 처리, 통근 지원, 출산 휴가 및 재정 지원, 노후 연금 등등)까지 생각하니 부러움은 두 배가 됐다. 공부 한 번 열심히 해볼 만(?)하구나 싶었다. 자신의 일에 열정을 가지고 능력을 발휘하려는 사람들을 회사가 이렇게 잘 대우해준다면 소매 한번 걷어붙일 만하지 않겠는가. 자신의 커리어를 걸고 끝내주는 컴퓨터 과학자가 되어 보겠다는 에너지를 가진 사람들이 모여서 매일 '우리 멋진 것 한번 만들어보자'며 열심히 고민한다. 그런 하루하루가 쌓여 새로운 걸 만들어내고 불편한 문제들을 하나씩 개선해낸다고 생각하니, 컴퓨터 전공이 아닌 내게도 굉장한 자극이 되었다.

나는 소소함이 주는 행복의 열렬한 팬이지만 요즘은 조금씩 생각이 바뀐다. 모든 실패의 가능성에도 불구하고 삶의 중심에 아주 큰 꿈 하나쯤 놓아볼 만하지 않을까 하고. 일이 좀처럼 잘 안 풀리는 시기에 소소한 행복만큼 힘이 되는 것도 없겠고, 설령 큰 꿈을 성취하는 날이 오더라도 소소한 행복을 기억하는 것은 삶을 풍성하게 하겠지만. 그래도 한 번 사는 삶, 마음속에 끝없이 펼쳐지는 큰 꿈 하나 품어보는 것 역시 멋진 일일 테니까.

큰 꿈이 굳이 그대로 이루어지지 않는다고 하더라도, 꿈을 '꾼다'라는 그 진행형 동사가 얼마나 많은 것들을 불러오는지, 요즘 들어 부쩍 자주 생각하게 된다. 대학 3학년 때 도서관 아르바이트를 하며 학생증을 잊고 안 가져온 학생들에게 게이트 문을 열어주는 일을 할 때였다. 아주 막연하게 문득 "아, 한 번쯤은 외국에서 공부해보고 싶다. 내 살아생전 영어 한 번 자유롭게 해보고 싶다"라고 생각했던 순간이 아직도 기억난다. 그렇다고 그다음 날 바로 미국대학원 입학 자격시험 준비를 하러 학원에 간 것도 아니고, 유학 준비에 대해서 알아본 것도 아니었다. 먼 길을 돌고 돌아오기는 했지만, 혹시 그 순간이 미래로 느슨한 끈들을 던져 지금의 삶을 당겨온 것은 아니었을까. 무언가를 마음에 품어본다는 건 그렇게 힘이 세다. 당장은 눈에 아무 변화도 보이지 않는다고 해도. 지금은 막상 뭐 하나 이루는 게 없어 보여도.

유학을 준비하고 있다고 쪽지를 보내주시는 블로그나 유튜브 이웃님들, 픽사에 취직해서 샌프란시스코로 오고 싶다고 했던 동생 Y, 아이들을 유치원에 보내놓고 오늘도 글을 쓰고 있을 우리 언니. 비록 오늘 창문 없는 사무실에서 열두 시간씩 일하는 삶이라도, 자그마한 자취방에서 졸업 작품을 하고 있더라도, 아이가 딸기 주스를 바닥에 떨어뜨려 엉망진창이 된 벽을 닦아내고 있더라도. 그들이 꾸는 꿈은 얼마나 멋진 것들을 이쪽으로 당겨오고 있을까. 그걸 상상하면 나도 함께 부지런히 꿈을 꾸고 싶어진다. 그 꿈을 붙들고 애쓰는 동안, 우리는 또 어떤 곳에 가서 얼마나 새로운 경험을 하게 될까. 그 설렘 덕분에 미래는 꼭 살아보고 싶은 시간이 된다.

모두가 같은 0이
아니듯

———————

아빠가 파킨슨병을 진단받으신 지 꽤 오랜 시간이 흘렀다. 가끔 퇴근하다가, 장을 보다가, 다리미질을 하다가, 엄마가 느끼고 있을 슬픔을 생각한다. 아무리 함께 행복하게 산 부부라도 부부 중 한 명은 먼저 세상을 떠나게 된다. 그때, 남은 사람은 오랜 세월을 함께한 삶의 동반자를 잃은 고통과 슬픔에 직면한다. 실로 배우자를 먼저 떠나보내는 사건은 인간이 경험할 수 있는 가장 큰 스트레스를 초래한다는 연구 결과도 있다.

결혼이란 더 행복해지기 위해 하는 것인데 그게 가장 큰 슬픔을 초래할 수도 있다니. 아이러니하지 않은가. 어쩌면 함께 했던 시간이 더 행복할수록 그 슬픔이 더 깊어지는 건지도 몰랐다. 엄마가 느끼실 슬픔의 크기를 가늠해보려 애쓰다가 문득 궁금해져서 엄마에게 물어보았다. "엄마는 삼십 년 전으로 돌아간다면 또 아빠랑 결혼할 거야?"라고. 엄마는 두 번 생각도 안 하시고 또 그러시겠단다. 삼십 년 전으로 돌아가도 엄마와 맞선을 봤던 제2의(?) 남자, 그러니까 그 시절 건물을 몇 채나 갖고 있었다던 그 부자 아저씨 대신 가난하고 착했던 아빠를 택할 거라고 하셨다.

테드 창의 소설《당신 인생의 이야기》에는 미래를 보는 언어학자 '루이스'가 나온다. 그녀는 아직 결혼도 하지 않았지만, 미래에 생길 자기 딸의 어린 시절을 '기억'하고 있다. 결국 그 딸이 등산을 갔다가 불의의 사고로 죽고 만다는 사실까지 '기억'하는 것이다. 아직 겪지 않은 미래의 불행한 사건을 미리 알고 있다면 우리는 그 불행을 모두 잘 피해갈 수 있지 않을까? 하지만 소설의 주인공은 미래를 모두 알면서도 비극적 결말이 예견되어 있는 인생을 그대로 살기로 한다. 그 이야기를 읽을 당시에는 루이스의 선택이 정말 이해가 되지 않았는데(아우 쉽게 쉽게 가지… 뭘 그걸 또 다 짊어지고 살려고 그래), 지금은 좀 다르다. 산다는 건 비극적 결말에 장악당하지 않고 순간순간 찾아오는 기쁨을 환영하는 걸지도 모르니까. 루이스의 선택이 조금 이해가 되기도 한다.

나는 미래는 볼 수 없기 때문에 이미 겪어온 과거의 사건들을 떠올려봤다. 만약 과거로 돌아간다면 이젠 결과를 알고 있는 그 사건들을 피해서 살고 싶어질까? 예를 들어 대학 때 처음 만난 남자친구와 헤어지고는 인간 좀비의 실사판으로 한 달 반을 살았던 때. 만약 과거로 돌아갈 수 있고, 그때 그 연애를 다시 하겠냐고 누가 묻는다면, 흠…. 망설이긴 할 테지만 그렇게 하겠다고 답하겠다(대신 헤어지고 나서 술은 좀 작작 먹고 그 돈으로 저축을 하거나 여행을 가겠다). 외롭다고, 힘들다고, 못 해 먹겠다고 욕을 욕을 하면서 했던 대학원 생활. 누군가 "다시 태어나도 공부할 거야?"라고 묻는다면, 흠…. 역시 이것도 좀 망설이긴 하겠지만 그렇게 하겠다고 할 것이다. 생고생을 해서 12일 동안 올라갔던 히말라야는 다녀와도 사실 그리 변한 거라곤 없었는데, 그래도 다시 가겠느냐고 물어본다면(이건 의외로 금방) 그러겠다고 할 것이다. 아까 오후에 먹고 나서 죽도록 후회했던(2만 5천 칼로리쯤 돼 보였던) 그 도넛을, 시간을 되돌려도 또 먹겠냐고 물어본다면(천상의 맛이었으므로 아마도) 그러겠다고 할 것이다. 인간이기에 후회도 하고 슬퍼하기도 하고 우울할 때도 있지만, 그건 이야기의 아주 작은 부분들이다. 아름다웠던 그 모든 순간을 그저 결말의 한 시점으로만 갈무리해서 정리한다는 건 아무래도 너무 단순한 계산법 같다.

그래서 사람들은 다시 제자리로 돌아올 줄 알면서도 먼 길을 떠나고, 뭔가 극적인 변화는 없을 줄 알면서도 끊임없이 새로운 시도들을 하고, 다시 혼자가 될 줄 알면서도 새로운 사람을 자신의 인생에 초청하면서, 다들 그렇게 용감하게 살아가나 보다. 인생에서 사람이, 물건이, 돈이, 경험이(그리고 도넛의 열량이) 더해지는 날들이 있다면 또 빠져나가는 날들도 있을 것이다(내일은 헬스 2시간 예약). 그 과정이 반복되어 결국에

순이익은 0이 된다고 해도, 산 것과 살지 않은 것을 어떻게 비교할 수 있을까. 그렇기에 내겐, 산다는 게 여전히 아름답고 긍정적인 사건 같다.

하물며 통계학에도 다른 종류의 0을 구분하는 방법이 있다. 데이터에는 다 똑같이 0이라고 나타나더라도 그게 다 똑같은 0이 아니라는 것이다. 예를 들면 '지난주에 맥주를 몇 병이나 마셨습니까?'라는 질문에 두 사람이 모두 '0'이라고 대답했다고 하자. 데이터상에서는 두 사람의 대답은 똑같이 0이라고 나타난다. 하지만 한 사람은 평생 아예 맥주를 입에도 대지 않는 사람이고, 다른 한 사람은 원래 맥주를 너무 좋아하지만 체중감량을 위해 가까스로 참아낸 사람이라고 할 때, 그 두 0을 다르게 취급하는 테크닉이 있다. 하물며 컴퓨터도 코딩 한두 줄만 보태면 그 둘을 분간해내는데, 어찌이 다양한 사람들이 비슷하게 산다고 해서 그저 같은 이야기를 품고 있다 할 수 있으리.

힘든 날이 있더라도, 또 결말은 크게 다르지 않다고 할지라도, 더 먼 길을 가보고 더 많은 사람을 내 삶에 초청하고, 또 더 많은 헛된 시도를 하면서. 앞으로의 남은 날들도 그렇게 용감하게 살아갈 수 있기를.

빗 속에서
춤을 추라니요

'인생은 폭풍이 지나가기를 기다리는 것이 아니라 폭풍 속에서 춤추는 법을 배우는 것'이란 말이 있다. 엄청 멋져 보이는 말이긴 한데, 실제로 비를 한 번 옴팡 맞아본 사람은 알 것이다. 그게 보통 미친 짓이 아니라는 걸.

빗물은 생각보다 차가워서 온몸에 소름이 돋을 것이고 신발은 완전히 푹 젖어 절걱거릴 것이며 옷에서는 덜 말린 걸레 냄새가 나기 시작할 것이다. 감기에 걸려서 하루 이틀은 컨디션이 바닥을 칠지도 모른다. 젖은 속옷과 신발을 빨아서 말리는 수고는 또 어떠한

가. 빗속에 뛰어들기도 전에 이 모든 번거로움이 머릿속을 먼저 채우는데 나가서 춤을 추라니. 그게 그렇게 간단한 일이 아니라니까.

　　REI라는 아웃도어 매장에서 하는 백패킹 강좌를 들으러 갔더니 강사가 재밌는 얘기를 한다. '재미'에는 두 가지 유형이 있다 한다. 먼저 1번 유형. 그야말로 아웃도어를 하고 있는 그 순간 즐거운 것. 백패킹을 간다고 했을 때, 등산로에는 눈이 말끔하게 녹고 날씨는 덥지도 춥지도 않게 쾌적하며, 야생화 흐드러진 광경을 최적기에 보는 것이다. 해지는 시간까지도 여유가 있어, 불을 지펴 마시멜로를 구워 먹으면서 실컷 수다를 떨다가 텐트에 들어가서 안락하게 잠드는 여행. 여행 도중에도 "와, 정말 너무 좋다"라는 말을 수시로 하게 되는 그런 여행 말이다.

　　근데 어찌 모든 것이 늘 계획대로만 흘러갈 수 있겠는가. 그와는 다른 2번 유형의 재미도 있다. 그야말로 당시에는 생고생하는데, 시간 지나 돌아봤을 때 즐거웠다고 추억할 수 있는 경우다. 이 말을 하면서 강사는 '비 오는 날의 백패킹'을 예로 들었다. 갑자기 비가 내리기 시작하면 일단 배낭에 방수덮개를 씌운다. 하지만 이내 두꺼운 등산화는 절걱대고 양말에는 젖은 흙이 묻고 몸에는 한기가 돌기 시작한다. 자고 있을 때 갑자기 내리는 비는 또 어떠한가. 느낌이 이상해 잠에서 깨어보니 이미 텐트 속으로 빗물이 스미고 있다면? 헤드램프를 켜고 젖은 침낭과 텐트를 정리해야 하는 그 당시에는 욕이 절로 튀어나올 만큼 생고생을 하게 된다. 그러나 시간이 지나고 나면 "그때 기억나? 새벽 세 시에 깨보니 텐트 안에 물이 찰랑찰랑했잖아. 앞이 캄캄했지"라고 웃으면서 얘기할 것이다. 그때의 즐거움. 그게 바로 2번 유형의 재미이다.

2번 유형의 상황을 겪어본 사람들은 다시 밖으로 나가는 것을 겁내게 될까. 그런 험한 일을 다시는 겪기 싫어서 더 병적으로 날씨를 점검하고, 100퍼센트 맑은 날에만 밖으로 나가게 될까. 그럴 수도 있겠지만 아마 쉽지는 않을 것이다. 밖에서 상큼한 바람이 불어오고 계절을 맞아 꽃들이 피어나면, 아마 밖으로 나가고 싶다는 마음은 또 눈치도 없이 간절해질 테니까. 그렇게 '설마 이번에는 괜찮겠지'하고 짐을 싸고 나갔다가 혹여나 또 비가 오면 똑같은 생고생을 하고 2번 유형의 재미를 한 번 더 겪게 된다. 하지만 그 과정이 되풀이되면 언젠가는 보슬비 정도는 신경 쓰지 않고 밖으로 나갈 수 있게 된다. 그렇게 계속 여행을 하다 보면, 설령 비가 오더라도 개의치 않는 내공을 가진 사람으로 거듭나게 되리라 믿는다.

유학 생활을 마치고 났더니 이젠 두려움도 없고 언제나 씩씩하게 도전할 수 있노라고 쓸 수 있다면 좋겠지만, 이 책의 마지막 글이 될 에필로그에조차 감히 그렇게 적을 수는 없다. 여전히 무서운 게 많아서 수시로 날씨를 살피고 이왕이면 좋은 날을 골라 밖으로 나가고 싶다. 다만, 앞으로 더 많은 여행을 경험하고 배워야 한다는 것을 안다. 앞으로 사는 동안 또 수없이 눈비 오는 날들을 겪게 되겠지만 어쨌든 길을 떠나고 새로운 곳을 가봄으로써 궂은 날이든 맑은 날이든 기꺼이 춤출 수 있는 용기를 갖고 싶다. 마르케스 옹께서도 말씀하셨듯 내가 한 번 배운 춤은 누구도 훔쳐갈 수 없으니까, 그런 아름다운 춤을 빗속에서 출 수 있는 그날이 올 때까지.

이 책이 나오기까지 도움을 주신 분들께 깊은 감사를 드린다. 나의 사랑하는 가족들, 친구들, 블로그 이웃님들, 부족한 원고를 검토해주시고 견뎌주시며, 나를 처음으로 '작가님'이라고 불러주신 윤소영 에디터님과 꿈의지도 관계자분들. 1번 유형이 되었든, 2번 유형이 되었든 많은 행복과 재미들을 그분들께 빚지고 있다.

**어쩌다 가방끈이
길어졌습니다만**

2019년 6월 25일 초판 1쇄 펴냄
2022년 2월 16일 초판 5쇄 펴냄

지은이   전선영
발행인   김산환
책임편집   윤소영
디자인   페이지제로
표지 그림   보담
인쇄   다라니
종이   월드페이퍼

펴낸곳   꿈의지도
주소   경기도 파주시 경의로 1100, 604호
전화   070-7535-9416
팩스   031-947-1530
홈페이지   www.dreammap.co.kr
출판등록   2009년 10월 12일 제82호

ISBN 979-11-89469-45-0